홀림

션 힐 — 강수영 옮김

홀
림

1판 1쇄 인쇄 2021년 06월 01일
1판 1쇄 발행 2021년 06월 10일

지은이 션 힐
옮긴이 강수영

발행처 문학의숲
발행인 고찬규

신고번호 제2005-000308호
신고일자 2005년 10월 14일

주소 (121-839) 서울특별시 마포구 양화로7길 84 영화빌딩 4층
전화 02-325-5676
팩스 02-333-5980

값은 표지에 있습니다.
ISBN 979-11-87904-34-2 03840

홀림

션 힐 — 강수영 옮김

문학의숲

  시인 션 힐(Sean Hill)은 현재 미국 몬태나대학교 방문교수
로 재직 중이다. 2019년까지 알래스카주립대학교(페어뱅크
스 소재)와 조지아서던대학교에서 조교수를 역임했다. 미네
소타 주의 노스우드작가학회 소장을 역임하기도 했다.

  지금까지 총 두 편의 시집을 출간했는데, 이번 한국어 번
역시집은 힐의 두 시집에서 엄선한 시들이 수록되어 있다.
그의 첫 시집 『혈연, 갈색 술』은 2015년 조지아도서센터에
서 선정한 필독서 10권에 선정되었고, 두 번째 시집 『위험물
질』은 미네소타도서상을 수상했다. 스탠퍼드대학교를 포함
한 유수 대학으로부터 펠로우십을 받았고, 2015년에는 전
미예술재단(National Endowment for the Arts)의 창작기금을 수
상했다.

  션 힐의 시는 현재 미국 내 유수 문예학술지에 실리고 있
고, 미국시인협회 등의 기관에서 발표되고 있다.

션 힐의 시는 붉다. 노예제시대부터 시인의 유년시절인 20세기 후반에 이르기까지 미국역사를 물들인 흑인들의 핏빛이다.

션 힐의 시는 푸르다. 새떼가 가르는 창공과 대륙을 오가는 선박이 가르는 바다의 빛깔이다.

역사의 색은 단조로운 흑백이 아니다. 사계절 색색이 변하는 풍경과 인간문명의 색은 다채롭다. 아직도 인간의 역사는 핏빛으로 얼룩지고, 푸른 틈새를 담아낸다.

흑인문학을 대표하는 작가 앨리스 워커의 소설은 미국사회의 흑백 인종 대립에 보랏빛을 제안한다. 노벨문학상 수상자인 흑인작가 토니 모리슨의 소설에 등장하는 노인은 임종 직전 색깔에 대한 명상을 하면서 보랏빛이 좋다, 라고 했다. 보랏빛은 중간지대를 가리킨다. 핏빛과 찬란한 푸름 사이의 중간지대는 평범한 삶의 색깔이 아닐까. 그것은 짙은 노을의 색이기도 한데, 이 전 지구적 자본주의의 시대를 서성이는 시인 션 힐의 여정은 이 노을빛을 따라가는 듯하다.

시는 이처럼 세상의 색에 반응하는 매체가 아닌가 싶다. 션 힐의 시를 읽다 보면 세상은 밋밋하거나 단조롭지 않다는 깨달음을 얻게 된다. '흑인작가'라는 레이블에서 연상되는 정형화된 이미지에서 벗어나는, 소소한 생활에서 얻은 소재로 시를 만들어가는 션 힐은 그가 인터뷰에서 말했듯, 세계가 살짝 흔들리는 순간을 포착해낸다. 그런 시들에서 보이는 시인의 서정성은 노예제의 참혹상을 담은 시에도 짙게 배어 나와, 새벽부터 일어나 일을 나가는 노예부부의 일상을 찬란하게 담아낸다. 이로써 션 힐은 흑인정체성을 가진 주체의 목소리를 통해 우리 존재의 폐부 깊숙이 울림을 주는 보편적 서정을 선사한다.

현재 미국시단에서 촉망받는 시인 중 한 사람인 션 힐의 시를 한국독자에게 소개할 기회를 준 출판사 문학의 숲에 감사드린다.

목차

2부

위험물질

거리감이 뼛속에서 자란다

일어날 수 있는 일 – 엽서시 연작

작가는 자신을 만들어준 사람들의 경험을 탐색하고 새길 책임이 있다.

— 제임스 볼드윈, 「대화: 제임스 볼드윈과 니키 지오반니」

1부
혈연, 갈색 술

1831년 버지니아 주 사우샘프턴 카운티[1]
새벽 노래

어떤 백인들은 해가 떠도 일어나지 않는다.
밤에 길을 떠났으니
남자와 여자, 그리고 아이, 누구도 뒤에 남아있지 않았다.
날 선 도끼가 내쉬는 한숨소리가
귀뚜라미, 개구리 울음소리와 한데 섞이고
앵무새가 아침인사를 한다,
수많은 혀로.

---

1) 버지니아 주 남쪽에 위치하고 노스캐롤라이나 주 북쪽과 맞닿은 사우샘프턴 카운티에서 1831년 일어난 냇 터너의 반란을 의미한다. 노예 냇 터너가 흑인노예를 이끌고 백인 주민 60여 명을 사살했다. 관련자들은 모두 붙잡혀서 재판받고 처형되었다. 법적 처벌과 별도로 백인들이 무고한 흑인노예 200여 명을 상대로 보복성 살인과 린치를 가했다. 반란의 여파로 흑인노예의 교육이 금지되었고 해방된 자유흑인들의 시민권이 제한되었다.

주머니 가득한 연기

1831년 밀리지빌[1] 새벽 노래

밤새 내내 무거운 달빛이 축축하게 적신다,
우리를 집안으로 불러들인 통금 벨의 메아리.

내 살갗에 닿았던 늦은 8월의 밤 추위를
나사니엘이 훔쳐 갔다,

반들반들 닦은 은수저와 주인마님의 거울을
처음 만지는 내 호기심 가득한 손가락에서

따스함이 사라지듯이. 나는 네이트[2]보다 먼저
눈을 떴다. 공유지 젖소들이 내는 낮은 소리와

그의 숨소리가 한데 얽힌 리듬에 맞춰
그도 잠에서 깨어났다. 우리는 함께 기다렸다,

첫닭의 울음소리를. 시골 농장에 사는 친지들은
이미 나팔소리, 종소리, 고함소리에 따라

---

1) 조지아 주의 소도시로 시인의 고향이다.
2) 나사니엘을 줄여서 부르는 이름.

들판으로 나갔다. 첫 햇살이 비출 때 우리는
헤어진다. 나는 마님을 돌보러 주인의 저택으로

네이트는 주인의 회갈색 수말을 돌보러
마구간으로 간다. 내 발밑에서 젖은

풀의 속삭임이 들리면 건초더미로 채운
매트리스의 중얼거림이 떠오른다. 수많은 혀로

앵무새가 아침인사를 건네고, 공유지에서 도망쳐 나온 돼
지는
감독관이 올 때까지 먹이를 찾아 여기저기 쑤시고 다닌
다.

네이트의 양철배지가 이른 아침 햇빛을 받아
그의 소박한 셔츠 위에서 빛난다.

은빛 고귀한 그의 자유, 그의 통행허가증,
그가 내게 돌아오는 길.

전조[1]

민주주의를 위해 세상은 안전한 곳이 되어야 한다.
― 우드로 윌슨[2]. 1917년 4월 2일

늦은 5월 아침 양철욕조에 담긴 목욕물처럼
봄이 따스하게 여름으로 흘러넘친다, 여유로운 이들을 위해
상앗빛 비누가 둥둥 떠있다 ― 구름이나 목화솜처럼 희다 해도

물을 흐리는 것은 집에서 만든 잿물비누와 마찬가지.
흰 점이 촘촘히 박혀있는 갈색이 도는 노랑비누 ―

연기가 저 광활한 하늘로 사라지고 남은
재를 모아서 기름과 함께 끓인다.

바람이 참나무 느릅나무 소나무의 꼭대기로부터 기어 내려온다 ―
나뭇가지의 신음과 삐걱대는 소리를 나뭇잎들이 체질하고

---

1) '앞날을 예견하는 신호'를 의미하는 영어단어 auspice에는 새가 날아가는 모습을 보고 앞일을 점친다는 의미도 담겨있다.
2) 미국의 28번째 대통령이다.

홍조를 띤 백일홍 꽃봉오리가 회오리를 일으키며
들판과 흙먼지 나는 길 위로 미끄러지듯 퍼져간다.

앵무새들은 제일 높은 가지 위에 앉아 노래를 부르고
그 위로 피어오르는 열기를 따라 조용히 칠면조콘도르가
난다.

미풍을 타는 벌떼의 낮은 윙윙거림
낮은 가지에서 퍼드득거리는 암탉들과 —
어제를 향한 열망을 품고 있는 수탉들 —

하늘 아래 최초로
남자들이 밀리지빌 위로 날아간다.
비행을 위한 각도로 날아올라
그들은 곧 출정할 것이다.

프랑스로 향하는 배에 몸을 싣고
흑인 병사들이 평평한 대양을 건너간다.

검둥이 거리 1937년[1]

매킨토시 거리라고 표지판에 써있다,
마치 사과처럼 빨갛게. 하지만
맛있는 빨강은 아니다. 이 빨강은
거스 레스토랑에서 파는 그릿츠[2]에 뿌려진
레드아이 그래비[3] 또는 신호등의 빨간색 같다.
하지만 신호등에는 초록과 노랑도 있다.
저 길모퉁이
알렌 마켓의 사과들처럼. 또
닥스 약국 카운터 뒤에 진열된
가루약과 시럽처럼 빨갛고
불붙은 석탄이나 솔[4]의 화로에 남은
잔불처럼 빨갛다. 리처드 이발관 기둥의
빨강 줄무늬, 토요일마다

---

1) 밀리지빌의 거리를 그린 그림을 보고 쓴 시.
2) 그릿츠는 미국 남부지방의 고유음식으로 옥수수낟알을 갈아서 만든 죽이다. 남부지방의 소울푸드로 알려져 있는데, 요즘엔 지방색을 띤 특별한 음식이 되었지만, 과거, 특히 노예제시절에는 옥수수가루를 만들 때 나오는 부산물로 동물의 사료로 사용되는 옥수수겨로 그릿츠를 만들어 먹기도 했다.
3) 그릿츠에 얹어 먹는 소스.
4) 사람 이름으로 다음 시 「밀리지빌 하이번」에서 다시 등장하는 대장장이이다.

도시로 들어오는 사람들의 작업복
단추 구멍 주위 바느질 자국 같다.
세 개의 공처럼 빨갛고
블루문에 있는 옆 주머니처럼 선명한 빨강이다.
밤늦게까지 앉아있는 손님들의 충혈된 눈처럼
일요일 아침 일찍 시골교회에 참석한 이들처럼
성경의 검은 표지 사이를 채운 흰 페이지들
가장자리처럼 빨갛다.
모두 합쳐 빨강에 가깝다,
교회 회중이 자리에서 일어날 때.

밀리지빌 하이번[1]

빗. 빗. 여기 비트[2]가 울린다. 조지아 주 길 위에 들리는
기차 소리. 기차선로의 이음새 틈마다 바퀴가 탁탁 규칙적으로
부딪치는 소리는 대장간에서 철과 모루 위에 내려치는 망치의 박자와 같다.
솔의 대장간은 당나귀와 말의 편자를 만든다. 물속에서 붉은
철이 지지직대는 소리는 기차의 기적소리다. 모든 메아리가 되돌아 나와
분산되고, 여름의 열기를 담은 이곳의 수박처럼 마지막
말이 반향한다.
망치로 두들기는 빗, 한 소년이 밤중에 카운티 감옥의 정원에
무단 침입했을 때 빗. 야경꾼은 모두 잠들어 있었다. 그들

---

1) '하이번(haibun)'은 일본어로 '배분' 또는 '배문'으로 읽히며, 배문(俳文)이라는 하이쿠와 산문을 결합한 일본식 문학형태를 가리키기도 한다. 배문은 대구형식을 사용한 간결한 산문이다. 일본시인 바쇼가 처음 사용했다고 하는데, 고전 시 형식에 중국산문을 결합해서 토속적 내용을 담았다.
2) 이 시에선 박자를 의미하는 비트(beat)가 반복되어 중의적으로 사용된다. 박자, 두들겨 패기, 대장장이의 해머 내려치는 소리, 야경꾼을 의미하는 'beat men'까지 이 단어가 다양하게 사용되면서 잔인한 폭력을 휘둘렀던 인물의 현재에 담긴 회한과 역동적 기억을 전달하고 있다.

에게 잠은

정말 달콤했다. 그래서 하나를 두들겨 열었더니 쪼개지기
바로 직전 둔탁한 소리가 났다. 그 심장을 먹고 나면 다음
것을 먹는다. 이제 그는

여자들 쪽으로 이동했다. 마침내 여자 하나를 골라서 결
정적 한 방을 먹였다. 쪼개지기 전 둔탁한 소리가 났다. 그
는 잠시 가장 달콤한 수박을 기르는 데 걸리는 시간을 쟀다.
감옥살이를 하고 돌아왔을 때 그는 남자가 되어있었다.

이제 그가 조지아 길의 트랙 위에 누워있다. 기차선로가
품어 안은

그 길. 심장은 멈췄다.

오랜 기찻길은 폐기되었다 —
침목 사이 나무들이 자라고,
야생 돼지 한 마리 나뭇가지 밑에서 땅을 파헤친다.

어떤 검둥이 교사의 성경책 1953년

책장[1]이 돌아왔다.
그는 성경을 들춰 본다 —
우리를 여기까지 오게 한 행적이 담긴 페이지들.
말벌들[2]이 둥지를 튼다.

그는 성경을 훑어본다.
어머니가 주신 책.
그들을 만든 종이로
말벌들이 둥지를 튼다.

어머니는 그에게 따스한 눈빛,
확신에 찬 목소리와 사랑을 주셨다.
그들은 종이로 만들어졌다.
문자와 온갖 주석과 거짓말의 문명.

---

1) 이 시에서는 영어단어 leave(s)가 다의적으로 사용된다. 책의 페이지(책장), 책 훑어 읽기, 기록 남기기 등의 의미가 있다.
2) 말벌에 해당하는 영어단어 wasp는 '백인 앵글로색슨계 신교도'를 일컫는 말이기도 한다.

어머니의 따스한 눈빛, 확신에 찬 목소리 그리고 사랑
그의 혀를 말벌의 침으로 가득 채웠다.
문자와 온갖 주석과 거짓말의 문명은
기록을 남긴다: 생과 사의 증명서들.

그의 혀를 말벌의 침으로 가득 채워 ─
위트와 신랄한 발언을 날린다.
책장, 기록과 생사의 증명서
모두 성경의 책장 속에 인쇄되어있다.

위트와 신랄함으로 재기발랄한 우리를
여기까지 이르게 한 행적의 페이지들이
성경의 책장 속에 모두 인쇄되어있다.
책장이 돌아왔다.

윌리의 변(辯) 1954년

　생각에 나는 엄마의 맘을 아프게 하는 걸 즐겼던 것 같
아. 엄마는
　비열하고 선하지 못한 자는 지옥에 간다고 했지. 하지만
있지,
　나는 당신이 하등 쓸데없다고 말했던 사람이야.

　그들은 내가 똑똑하기 때문에 뭐든지 척척 잘하기를 바랐
어.
　한 줌 가진 것 없이, 주머니 가득 연기뿐
　나는 뭔가 해냈어야 했어. 그들의 소망은 마치 기관차를
움직이는

　석탄처럼 불에 이글이글 타올라서 나를 옥죄었어.
　나는 애썼고, 결국 실패 없이 뭔가 되기는 되었어.
　방귀처럼 시답지 않은 것이긴 해. 내가 얻은 행운은

　손안에 잡히지 않고 기름처럼 미끈거려. 생각에 나는 엄
마의
　맘을 아프게 하는 걸 즐겼던 것 같아. 신은 알 거야, 가족

을 위해선 아무것도

아무것도 하지 않은 나를. 그들은 감옥에서 나를 보길 원할지 모르지.

엄마는 말했어, 비열한 자는 지옥에 가게 된다고.
베니는 해머를 휘둘러서 못을 박았지만
내가 휘두르면 뭔가 부수어버릴 수 있는 것 같았어.

한 줌 가진 것 없이, 담배쌈지와 흰자도 노른자도 없는
달걀 한 개뿐. 사람들은 나를 딱하다고 불렀어.
늘 농지거리나 했지.

미소도 짓지 않고, 웃지도 외치지도 않았던 때에도 말이야.
돈과 꿀이 떠나면 무엇을 해야 하지?
나는 마치 불로 만들어진 것처럼 모든 것을 태워버려.

생각에 나는 엄마의 맘을 아프게 하길 좋아했던 것 같아.
엄마가 쓰러지셨어. 뇌출혈이었지.

내가 거북이를 설득해서 껍데기에서 나오게 할 수 있다고

자랑스러워하셨는데. 하등 쓸모없는 인간이 나보다 먼저
지옥에 갈 거야.
주여, 무엇이 나를 고통스럽게 하는지 알고 싶습니다.
내가 아주 착해서 개가 되었다면, 아마 컹컹 짖는 소리[1]
를 잃었을 거야.

한 줌 가진 것 없이, 주머니 가득 채운 연기로는 별로 할
수 있는 게 없어 —
비누를 살 돈조차 없어. 세상이 내게 해줄 대답은 아무것
도
없는 것처럼 보여. 나는 엄마를 사랑했어. 또 아빠가 나를

자랑스러워하기를 바랐지, 두 분이 돌아가시는 날까지. 그
건 거짓말이야.
천국에 계신 아빠는 아직도 이 세상에 나와 함께 있어.

---

1) 이 대목에 사용된 단어는 bark인데, 개가 짖는 소리와 나무껍질을 의미하는데,
이 시에서는 안쪽의 부드러운 부분을 보호하는 딱딱한 껍데기를 비유한다.

내가 출발했던 시점부터 내내. 생각에 나는 엄마의 맘을
아프게 하는 걸 즐겼어.

　구걸하거나 빌리는 한이 있어도 고작 술이나 약을 구하려
고 강도나 살인은 안 했어.
　이게 내가 전혀 쓸모없는 놈이 되지 않는 법이야.
　비열하고 아무짝에도 쓸모없는 자는 지옥에 떨어지겠지,
한 줌의 연기만 쥔 채.

존 삼촌

그해
토마스 할아버지가 돌아가셨을 때
가족의 처지는 파산상태보다 더 나빴다.

존 삼촌이
에니스 씨 정육점에서 햄을 훔쳤을 때
열일곱 살이었다.

삼촌은 14년간
감옥살이하면서
햄 맛을 볼 미각을 잃었다.

소금에 절인 붉은 흙빛 훈제 햄
지방과 함께 얇게 잘라
흰 접시의 노란 햇볕 위에 놓여있다.
가로로 잘라놓은 햄 뼈
동그란 고리모양의 연골
검은 눈
이것들을 모두 튀김 팬에 넣고

그릿츠와 함께 먹을 그래비를 만든다.

소금 맛을 상실한 채
그가 보지 못한 대양
여자와 남자

그는 이제 접시에 더 이상
햄을 올려놓고 싶지 않다
돼지[1]를 증오한다.
너무 힘들었다.
백인도 증오한다.
감옥에서 바른 생활을 했더니
마지막 6년이 탕감되었다.

양돈업자가 되었지만
소고기 닭 칠면조
물고기 거북이 토끼

---

1) 이 시에서 돼지는 단지 식용동물인 돼지를 의미할 뿐 아니라 미국에서 경찰을 포함 백인중심 사회의 관료층과 인종차별주의자들을 가리키는 표현이다.

다람쥐 주머니쥐[2]와 너구리만 먹는다.
야채샐러드는 훈제한 소꼬리로 맛을 낸다.

도살하기 위해 백인을 기를 순 없다.

---

2) possum이라고 불리는 주머니쥣과 포유동물의 통칭이다.

불타는 주정부공관 1833년

불은 노예의 피부에
낙인을 찍을 수 있다,
그가 가축을 바꾸듯이
일손을 바꿀 때. 대도시의
노예매매는
불과 인간만큼이나 오래되었다.
밀리지빌에서도 그건 마찬가지다.
정오 12시
의회는 마침 정회되었다.
주정부공관이 불타고 있다.
물은 저 높이까지 이를 수 없지만
노예는 기어오를 수 있다. 샘은 노예이다.

지붕, 지붕, 지붕에 불이 붙었다……

주인은 한마디도 하지 않았는데 샘은 불길과 싸운다.
마을주민들은 샘이 발을 헛디뎌
저 무시무시한 높이에서 떨어질까 두려워서
비통한 근심에 휩싸여 바라본다.
그가 가파른 꼭대기에서 불에 타는 지붕널을 떼어내는 동안
백인들은 공식기록문서와 가구와 돈을 치운다,
저 지붕 바로 아래에서
더 안전한 장소로, 어느 곳보다 더 안전하게
샘과 그의 후손들이 알지 못하는 곳으로.

지붕, 지붕, 지붕에 불이 붙었다
물은 필요하지 않다…….
우리는 그저 침묵할 순 없다,
샘이라는 이름의 니그로 남성이 보여준
이 모범적인 행동에 대해서,
그 노예는
미스터 말로우와 이곳 소속이야.

그리고 의회는
자신의 안전은 안중에도 없이
신속하게 행동한 샘에게 보답할 것이다.
1600달러를 책정해서
미스터 말로우로부터 그의 자유를
사주는 방법으로.

지붕, 지붕, 지붕이 불탄다.
물은 필요 없어, 그 새끼들이 불타게 내버려둬.

고요한 전통

추모공원에서

나는 여기 플래너리 오코너[1]의
무덤에 사진 찍으러 왔다.
앵무새와 로빈
카디날이 나와 함께 있다.
새들이 한자리에 가만히 있지 않고
묘비에서 나뭇가지로, 말뚝으로 날아다닌다.
나는 폴라로이드 랜드 카메라 340을 가지고 있다
70년대 초반에 구입한, 나만큼 나이 먹은 이 카메라는
당숙 피니스에게서 물려받은 유산이다
작동이 되긴 하지만 사진 한 장 찍을 때마다
의식을 치른다 ― 자동이 아니기 때문이다.
그녀의 창백한 대리석 무덤은 뷰파인더에서
반사한다 ― 풀의 성운(星雲) 옆에
검은 동전들의 성좌(星座)가 있다.
왜 시들은 잡초더미와
계절을 견뎌내느라 검은색이 된 동전을 바치는가?

---

1) 밀리지빌 출신의 미국 소설가로 특히 단편소설 분야에서 탁월한 업적을 남긴 작가이다. 미국 남부의 인종차별주의적 문화를 배경으로 한 '남부고딕' 장르를 대표하는 작가이다.

롤러에서 빼내지 않은 필름에 빛이 흘러넘친다.

나는 그 이미지를 아직 현상하고 싶지 않다.

이미지를 지닌 채로 주지사와 정치가들을 지나간다.

그들은 그리스양식의 복고적인 무덤에 누워있다.

묘지공원 뒤쪽을 향해서 중심부에 가까운 곳이다.

피부색이 옅은 흰-흑인[2]들을 통과해간다.

그들은 묘지공원 길 쪽에 있다.

흑인구역으로 가려면 반드시

마차가 지나갈 정도의 폭을 가로질러야 한다.

흑인구역은 계곡 쪽 경사를 내려가서 맨 밑에 있다.

사진이 시간을 멈춘다면

내가 묘지공원을 가로지를 때까지

얼마나 걸릴까?

다른 쪽으로 발걸음을

옮긴다는 것은 무슨 의미인가?

---

2) 흑인종의 피부색이 모두 흑색이라는 상식은 잘못되었다. 검정색의 색조가 다 다르며, 거의 백인종에 가까운, 이 시에서 '흰-흑인'이라고 불리는 색조도 있다. 공원묘지의 묘지들이 백인부터 검은 색조가 짙은 흑인까지 차례로 중심에서 바깥으로, 위에서 아래로 구분되어 구성되어 있어서, 미국사회의 인종적 구분을 복사해놓은 듯하다.

여기는 손으로 빚은 벽돌들이
색색가지 퀼트처럼 바닥에 깔린 채
노예들의 무덤을 덮고 있다.
시시포스는 어디에 있지?
바닥에서 시시포스가 계곡 밑으로
씻겨 내려간 벽돌들을 가져오는 모습이
보인다. 이 무덤을 유지하는 일이야말로
그에게 딱 어울리지.
여기엔 묘비가 없다.
단지 세 개의 녹슨 연결고리만
막대기에 걸려있다. 하나는 출생
두 번째는 인생, 세 번째는
노예로 죽음 ― 조지아 주의 옛 수도[3]에서
중요한 가문들을 위해 일한 노예들이다.
세 번째 연결고리가 끝난 건 언제지?
출생일도 사망일은 없다. 이름도 없다.
나는 필름을 다시 노출시켰다.

---

3) 밀리지빌은 남북전쟁 전 조지아 주의 주도였다.

카메라에서 필름을 뺀 뒤 기다렸다.
음화와 양화를 따로 분리했고
두 개의 무덤이 흐려져 하나가 된다.

수업

나는 발판 위에 서있다. 우리의 팔꿈치는 세비자동차의 둥근 펜더 위에 놓여있다. 할아버지의 손이 내 손을 감쌌을 때 두 개의 V는 W가 되었다.[1] 유니스 할머니가 나를 포옹하면 내가 사라져버리듯이[2] 할아버지 손이 사라졌다, 할아버지는 계속 해, 라고 했고 나는 곧 W를 완전히 무너뜨렸다. 나는 약골이었지만 모두 내가 머리가 좋다고 말했다. 크면 과학자가 될 거라고 했다. 나는 정말 똑똑했다. 할아버지가 일부러 져준 것을 알고 있었지만 이겨서 기분은 좋았다.

나는 봄에 졸업한다. 부엌에서 여자들이 추수감사절 저녁식사 후에 모여 얘기꽃을 피운다. 남자들과 소년들은 로즈 보울[3] 때문에 정신없다. 내가 뒷계단에서 나만의 생각에 빠지기 전에 할아버지가 나를 옆으로 불러 세운다. 내 도움이 필요하다고 했다. 할아버지는 글을 읽지 못한다. 고등학

---

1) 팔씨름을 할 때 양편의 팔이 바닥에 팔꿈치를 대고 손을 잡는 장면을 묘사한 것이다.

2) 할머니가 어린 손자를 안을 때 할머니 몸에 소년이 푹 안기게 되는 상태를 묘사한 것이다. 할아버지 손이 손주의 손안에 들어가게 된 상태를 비유했다.

3) 로즈 보울은 캘리포니아 남부 도시 파사데나에 있는 풋볼 스타디움으로 신년마다 이곳에서 전미대학 풋볼게임이 열린다.

교 졸업반인 내게 글 읽는 법을 가르쳐달라고 요청한다. 어떻게 해야 좋을지 몰랐다. 할아버지 눈에는 키릴4) 문자처럼 보일 문자의 상징들을 이해시킬 방법을 도통 모르겠어서 나는 카운티에서 운영하는 성인교육프로그램이 있다고 말해준다.

나는 이 주 뒤에 졸업한다. 아버지 생신 이틀 후에 나는 대학교에서 집으로 전화를 할 것이다. 엄마가 받는다. 나는 엄마의 생일도 참석 못 할 것이다. 엄마는 할아버지 상태가 좋지 않다고 한다. 엄마는 내게 말한다. 어디선가 읽었는데 나이가 들면 머리를 계속 써야지 안 그러면 정신을 놓게 된다. 몸을 움직이지 않으면 몸이 망가지듯이 말이야. 엄마가 할아버지는 글을 못 읽는다고 말한다. 내가 그 사실을 알고 있다고 엄마에게 말하지 않는다. 할아버지가 당신의 손자인 내게 글 읽는 법을 가르쳐달라고 했다는 것도 말하지 않을 것이다.

---

4) 유라시아 지역의 여러 언어에서 사용되는 문자체계이다. 슬라브계 언어, 투르크와 몽골어, 이란어 등에서 사용된다.

걷는 법 배우기

여름
저녁
그네타기
나나의
현관
수
박
즙이 떨어진다
내 발이
흔들리고
절뚝거린다
어렸을 때
발가락이
건드린다
요람
뒤쪽
난간을
나는 걷기를

난간을 지나
연결된
나의
교정된
발이
그네
위에
이번 여름
나나의
현관
내 발은
걸려있거나
건들거리지
않는다 내
발가락이
바닥에
닿아
나를 이쪽

남자들이
봉변당했다
그 시절
누군가는 알았다
그들이
떠나야
했다는 것을
소문이
들려왔다
뭔가 일이
생기리라
마을을
떠났다
시카고
디트로이트
필라
델피아
뉴욕

만일
당신이
방문한다면
그곳에서
그들을
만나게
될 것이다
거리에서 그들이
당신을
바라본다
마치 당신이
거짓말인 것처럼
다른 사람들은
붙잡혀서
연쇄갱단에게
보내졌다
그녀는 그들의
재빠른 발걸음

배운다
교정기를 끼고
절뚝거린다
마치
짐을 끄는
동물이나
노예처럼

저쪽으로
흔든다
그녀가 말한다
자신이 알고 있던
남자들에 대해
이 집에서
그녀가 자랐을 때

더 많은
사람들이
길을 잃었다
이야기에
나오는
단어
처럼

에 대해 말했다
수년이 지나
사슬 때문에
그들이
아기처럼
걷게 된
모습을
상상했는지.

강물 같은 말들

1.
술집에서 우리는 갈색 술을 마시며 농을 친다.
아이리쉬 스카치 커네디언[1] —
어느 것도 내가 속한 민족은 아니다.

잔잔한 톤의 갈색 위스키들 —
빨강과 노랑 —
나란히 바 뒤에 정렬해있다.

내가 원한 것은 한 모금 들이켜 보는 것
하지만 나는 이 병을 깨뜨렸다.
주여 저는 그저 한번 들이켜 보고 싶었습니다.
그런데 제가 이 병을 깨뜨려버렸어요
깨진 병의 블루스 — 그 깨진 병에서
첨벙대는 블루스.

---

1) 국가 이름을 딴 술 명칭

2.
술에 취해 흥에 겨운 흑인남성들 —
위스키를 마시고 난 아침
트림을 할 때처럼 불쾌하다 —

수세기 동안
분리되어 흘러간 가족들 같은
강물처럼 말들이 흐른다.

  내 늙은 여인은 노랗고
  달처럼 둥글다.
  나는 내 여인이 풍만하고
  달처럼 노랗다고 말한다.
  하여 주여, 저는 그녀를 감당할 수가 없어요.
  아기가 6월에 태어날 예정입니다.

3.
흑인남자들이 오고 간다.
구름처럼, 행운의 숫자들처럼

어지럼증처럼 ─

내 아버지는 언제나 머물렀다.
열여섯 살인 그가 성인이 되어갈 때
아버지를 만났다.

　나는 혈연이란
　술과 물 같다고 생각해
　나는 피의 파고는
　술과 물과 함께 올라간다고 생각해
　주님은 알지 내가
　아버지를 총으로 쏴버리고 싶다는 걸.

4.
내겐 나이 든 형이 있다.
내 뼈를 생각하는 만큼 그를 생각한다 ─
오래전에 부러져서 수선한 내 뼈.

아마 느끼게 되겠지,

나이 들어가는 고통과
비 내리는 날들을.

들판은 뼈처럼 건조하다.
나는 비가 그립다.
뼈처럼 바짝 말랐고 태양이 끝냈다.
옥수수와 사탕수수는 타버렸다.
주여, 비가 오지 않는다면
형을 다시 만나게 해주세요.

1926년 11월 14일생: 할머니 시 연작

#2: 시골의 학교

추운 겨울에는 붉은 진흙 담벽이 꽁꽁 얼어 붙었드랬어.

너무 추운 나머지 땅속의 물까지 다 얼었어.

하루 밤새 고드름 수정이 자랐어.

우리는 시골에서 살았는데 매일 학교까지 걸어 다녔드랬어.

꽤 걸어야 했지, 산책로를 따라서, 학교가 좀 멀었어야지.

바람이 하도 세서 곧장 두꺼운 겨울옷을 뚫고 들어왔었잖냐,

피니스하고 어니스트가 길 한옆에 불을 폈어,

저 멀리까지 가서들랑 나무를 모아와서 말이지.

카운티 라인 침례교회 뒤에 우리가 다니는 단칸방 학교가 있었드랬어.

저녁에 집에 돌아갈 때도 아침이랑 똑같았어.

여직 얼음이 담장에 매달려 있었드랬지.

에바 할머니랑 닌이 밖에 나가서 소하고 망아지를 데리고 왔어.

당시엔 추운 날씨에 이골이 났었드랬는데,

요즘엔 날씨가 별로 춥지가 않아, 어째 ― 이게 어떤 경고

일까 싶다.

#4. 도시의 학교
묘지를 지나서 학교를 향해 터덜터덜 걸어갔죠.
그해 겨울 아침에는 얼음이 붉은 진흙 위로
삐죽삐죽 올라와 있었고요. 그곳으로 가는 지름길은
사격금지 구역이었어요. 그래서 당신은 노예 무덤을 지나
갔죠.
백인들의 묘지였던 메모리 힐 뒤쪽에 있었어요.
유대인의 묘지들을 에둘러 갔어요 —
묘지명에 쓰인 글자들이 당신에겐 낯설었죠 —
미스터 C. 에디라는 이름이 쓰인,
자유시민사업소 후원자이자 청원자
에디 하이의 묘지에 도착하게 되죠.
흑인들이 자랑스러워하는 사람이었어요.
당신은 학교를 일 년 더 다니기로 결정했어요. *어리석었*
지,
사촌 리자랑 같이 다니려고 6학년을 다시 다닌다니 말이
야.

학교는 1925년에 불타 버렸고 1946년에 다시 열게 돼요 —
오늘은 당신 두 사람이 스토브 옆에 나란히 앉아 허벅지
를 주무르고 있어요.

#1. 어니스트와 경작소
농장에서 우리는 면화를 재배해서 팔았어. 옥수수와
녹색채소, 감자, 강낭콩, 고구마와 오크라를 길러 먹었지.
젖소 세 마리와 망아지 한 마리, 닭을 길러서 달걀과 고기
를 얻었어.
남자형제가 둘 있었어. 1921년, 1922년, 1926년 이렇게
우리는 태어났어.
첫째가 피니스, 둘째는 어니스트, 내가 막내야.
엄마, 아빠랑 살았는데, 이름이 이네즈, 찰리야 — 우리는
엄마를 닌이라고
불렀어 — 할아버지와 할머니, 샘과 에바도 함께 살았어.
할머니 할아버지는 마마, 파파라고 불렀고 아빠는 아빠라
고 불렀지.
우리는 에바 할머니를 참 좋아했어. 할머니와 닌은 소를
데리고 나갔다가

집으로 몰아왔어. 우리가 기르고 있던 젖소에서 신선한 우유가 나왔어.

어니스트는 황소를 한 마리 길렀는데, 쟁기에 묶어 두었지. 황소의 이름은 피트였어.

소가 쟁기질을 할 때는 어니스트가 소에 올라타기도 했어.

둘이서 들판을 쿵쿵 걸어 다녔는데 ― 어니스트가 소를 타고 말야 ― 얼마나 멋진지.

둘이 연못으로 가서 초록빛 갈색 웅덩이를 휘젓고 다녔어.

#3: 도회지로 이사

열세 살까지 시골에 살았어. 거기서 말이야.

엄마와 아빠는 우리보다 일 년 먼저 도시로 갔어.

우린 그때 미스터 앨튼 그리스 집에서 지냈거든.

아빠는 몸이 다부졌어.

아빠와 닌은 일을 했는데 나는 일을 많이 하진 않았어.

정말 밭이 싫었거든. 나는 집에서 그냥

요리하거나 그렇게 있었지. 그래, 그 남자는 백인이었어.

아니, 그 남자에게 말을 걸진 않았어. 그때 어린애들은

요즘 아이들과는 달랐어. 아빠와 할아버지가 이 집을 지

었어.

당시에는 주정부에 일하러 다녔어.

에바 할머니와 닌은 설거지 일을 했지. 그래, 그 사람들은 백인이었어. 그이들 집 근처에 가면

만날 수 있었지. 모르겠다, 그치들과는 어떤 접촉도

하지 않았어. 아니, 우린 도시에서 불을 피우진 않았어.

#5: 프람[1]에 가다

1943년 봄에 당신은

프람에 갔어요. 밴드가 있었죠. 자니 자렛

빌리 버트, 자니 힉스를 연주했고

루시엥 워커가 레코드를 돌렸어요. 당신은 직접

프람에 입고 갈 드레스를 만들었어요 ― 밝은 빨강색 사과무늬의 흰색 드레스.

당신 아버지는 남자의 구애[2]를 허락하지 않았죠.

---

1) 미국 고등학교 졸업반이면 참석하게 되는 파티로, 졸업 기념이자 일종의 성인식과도 같은 이벤트이다.

2) 미국의 프람에서는 남학생이 여학생에게 프람에 동반참석하자고 제의를 하고 여학생이 수락을 하면, 당일 여자의 집으로 찾아가서 함께 프람에 참석하는 것이 공식적인 절차이다. 이성과의 만남이 허락되지 않으면 동성친구와 프람에 참석하기도 한다.

대신 여자애를 초대하라고 했죠. 그래서 그날 당신의 데이트는

루실 잭슨이었어요. 그녀는 당신 집에서 하룻밤을 보냈고
찰리와 닌이 당신 두 사람을 댄스파티에

데려다주었어요. 당신 부모는 밖에서 기다렸어요.
차에 앉아서 프람이 끝나고 우리가

나올 때까지 기다렸어. 6개월 이후

당신 생일 전날

아빠가 죽었어요.

#6. 연애

내가 물었을 때 당신은 이 고요한 가족이야기를 얘기해주었죠.

나는 뭐 이렇다 할 연애를 한 적이 없어

아빠가 너무 엄격했거든. 1944년 5월

그때 열일곱 살이었는데 ─ 순진했던 시절 ─

아직 열여덟 살이 되려면 7개월이나 남았을 때,

당신은 애인과 도망쳤어요. 당신이 말했어요: *그는 길 건너편에 살았어.*

바로 길 건너편이었어. 이 이야기를, 나는
당신이 말하도록 두었어요. 그 남자는 군인이었어.
휴가를 받아서 며칠 집에 와있었지.
학교를 그만두고 결혼을 했어. 마치 학교를 땡땡이치고
그 남자와 함께 계곡으로 놀러 간 것처럼 말했어요.
리자는 당신을 따라왔지만, 결국 의도를 알아챘죠.
당신이 기억하기에 시내 버스정류장에서 만나자고 했던
건
당신 아이디어였죠.

그의 여동생 해티 매 — 애틀랜타 출신이었어 — 와 함께
우리는 메이콘으로 향하는 트레일웨이 버스에 올랐어.
우리는 그곳 시청에서 결혼했지. 해티 매가
결혼식 증인이 되어주었어. 우리 셋은 버스를 타고
애틀랜타로 갔어. 그곳에서 한 일주일쯤 살았지,
그 뒤 남편은 전쟁터로 갔지.
닌이 걱정할까 봐 메모를 남겼었어.
이웃에 사는 사일러스 라이트에게 주고 왔어.
학교는 11학년까지만 다니고 그만뒀어.

그해 가을 학교에 돌아가지 않았어, 결혼을 했으니까.
학교를 가지 않는 대신 일을 시작했어.
1945년에 센트럴주립병원에서 일했어.
당신 남편이 1946년도에 돌아왔고 그 후 몇 년간
결혼생활을 했어요. 딸 둘을 낳았죠.

내일보다 더 검은

7세의 사일러스 라이트 1914년

사일러스 라이트는 갈대밭 사이
얕은 웅덩이에서 꾸물거리는 물고기를 따라간다.
그는 석판에 선을 긋는다 — 마치 남자가 자신의 아들에
게 그러듯이
자신이 그은 선에 자부심을 느낀다. 그는 키득거리기도 한
다.
그래도 하던 일을 계속한다. 그다음 글자들은 쉽다.
이로써 그는 의무의 표지 이상의 것을 갖게 되는 셈이다.
페이지 위에서 반복해서 어슬렁거리면서
지저분한 선들이 이어지다가
페이지의 가장자리에까지 이르렀다. 그가 미소 지었다.
그의 입이 벌어지면서 나오는 소리를 듣고 자신도 깜짝
놀랐다 —
이건 내 거야.

손 1921년

사일러스의 손은
그의 아버지 손처럼
암탉이 낳은 달걀의
크림빛 갈색이 아니다
벤자민의 손처럼
호미의 녹슨
붉은 갈색도 아니다
지난여름
포도나무줄기에 열린
머스커단종 포도의
황금빛 갈색도 아니다
지난가을
참나무 잎사귀처럼
갈색인 그의 손이
『냇 러브의
인생과 모험
캐틀 나라에선
데드우드 딕으로

더 잘 알려진』[1]을
펴들고 있다
노예였다가 카우보이가 된,
풀만[2] 짐꾼의
손을 가진 남자

사랑의 손은
담배 나뭇잎 같은
갈색이 아니다
태양에 그슬려
헛간에 걸어둔 ―
롱혼[3]의 목에
둥글게 걸린

---

1) 1907년에 출간된 노예 냇 러브의 자서전이다. 냇 러브는 테네시 주 데이비슨 카
운티의 한 농장에서 1854년에 태어났다. 1869년 테네시를 떠나 텍사스 주로 가서 카
우보이가 되었다. 그는 이후 서쪽으로 계속 이주하면서 애리조나를 거쳐 캘리포니아
로 향했다. 여정 중 소몰이 일을 하기도 했다. 후에는 철도 짐꾼으로도 일했다. 현존
하는 흑인 카우보이의 최초 자서전으로 알려져 있다.
2) 침대차 형식의 기차.
3) 텍사스산 뿔이 긴 소.

올가미 밧줄의
노란 갈색도 아니다
침목[4]의
검은 갈색
크레오소트[5]에 절은 채
담배를 기르고
목장의 소떼에 밧줄을 매고
승객의 가방을 집어 올리고
밤마다 애무한다.
굳은살과 굳은살이
맞닿으며 내는 소리에
서로를 어르면서 잠이 든다.

사랑의 눈에
방랑벽이 빛난다.
풀만 짐꾼에게
팁으로 받은 동전

---

4) 기차의 선로를 받치고 있는 나무로 된 막대.
5) 목재용 보존 방부제.

그는 서쪽으로 향한다.
역사에는 절대
남지 않는 곳으로.

대단한 광경이야
수천 마리의 버펄로
커다란 소떼가 쿵쿵거리며
지나가는 모습을 본다는 것은
모두 뛰어간다.
머리를 처박고
혀는
붉은 플란넬셔츠처럼
쑥 빠져나온 채
코를 쿵쿵거리고 낮게 울면서
무리를 지어 지나가면서
땅을 흔들어댄다
수십 야드 거리를

이게 사랑이

사일러스에게 준 답이다.
열차 트랙의 가장자리에서
다가오는 열차를 느끼면서
밀리지빌의
가장자리에서 저 바깥
세상을 바라볼 때.

마녀를 등에 업다 1915년

뒷베란다에 놓인 간이침대 위에서 잠이 들었다.
조지아의 열기가 낮잠 속으로 그를 붙든다.
그의 두 눈이 열린다,

베란다 끝에 놓여있는 텅 빈 달걀 바구니로,
닭장과 피칸나무로,
그늘에서 사료를 쪼아대는 수탉들에게로.

그는 눈을 뜰 수가 없다.
사일러스는 — 잠으로부터
세상으로 조산된 상태 — 두렵다

그의 죽은 몸속에서 — 힘겹게 저항하지만
어제처럼 무겁다. 그의 시야 가장자리에
공포가 떠다니면서

귀에 대고 속삭인다, 그가 완전히 풀려날 때까지.
마침내 숨을 들이쉰다, 너무 깊이 들어갔다
물 밖으로 나온 것처럼 — 감미로운 안심

저녁식사 시간 엄마가 말한다, 마녀가 올라탄 거라고.
레이첼 할머니는 베게 밑에 가위를 넣어두라고 하신다.
마녀의 고삐를 잘라야 해. 그게 처음이었다, 마녀가
그의 등에 타오른 것은 ― 악마가 그의 영혼에 올라타기
전 일이다.

데보라의 새벽 노래 1938년

사일러스는 날이 밝기 전에 벽돌공장으로 가야 했다.
어린 아들 조가 밤새 내내 울었다. 이가 나는 중이라서

몹시 성이 나 있다. 잇몸을 밀어내며
세상으로 좀 더 나오려는 것이 주는 고통.

이 작은 인간은 작은 열에 시달렸다. 나는 그와 함께
늦은 8월의 밤에 밖으로 산책을 나갔다. 사일러스가 잠에
서

깨어나 어린 아들을 걱정하며 따라왔다.
감미롭고 은은하게 빛을 밝혀주며

양철지붕 위에 떠있는 달이 따라왔다. 나는 아들을 어르
면서 걸었다.
내 발 위로 차갑게 떨어지는 이슬방울. 아침마다 사일러
스가

집을 떠날 때면 그의 브로우건[1]이 그 작은 물의 무게를 감당하면서
　젖은 풀밭에서 검게 변한다. 낮의 열기가 올라오기 전에

　일터로 가야 한다. 하지만
　그건 문제가 되지 않는다. 어쨌든 그는 뜨거운 화덕들을

　내려놓아야 한다. 때론 너무 뜨거워서
　눈썹과 속눈썹을 몽땅 태워버리지만 그건

　그가 해야 할 일, 안 그러면 해고당할 테니 —
　생계를 잃게 될 가능성으로부터 고작 속눈썹 하나만큼

　떨어져 있을 뿐. 조는 잠잠해졌다. 다정한 속삭임을 들으면서
　내 품에서 따스하게 안긴 채 조용하다.

---

1) 투박한 구두.

사일러스가 저곳에서 달빛에 비친

우리 그림자처럼 서 있다. 조는 자기 아빠처럼

길고 예쁜 속눈썹을 갖고 있다. 사일러스는 잠도 푹 잘 수

없다.

곧 다시 일어나야 하기 때문이다.

보험판매원 1946년[1]

사일러스, 당신은 4월이 되면 여기 있지 않을 거야.
누구도 내일을 기약할 수 없어.
갑자기 당신이 죽게 된다면 유언장이 필요해.

당신의 죽고 나면 동전 한 푼까지 누가 갖게 될지를
결정할 수 있어. 당신의 오리를 한 줄로 세워,
사일러스. 4월이 되면 당신은 여기 있지 않을 거야.

그래, 당신의 보험증서를 갱신해. 우리가 다 지불해줄게.
자 봐, 만약 당신이 공장에서 일하다가 팔을 팔꿈치까지
잃게 되면 어쩌겠어?
그런데 말야, 당신이 죽게 되면, 유언장이 있어야 돼.

사고로 죽으면 두 배로 지불하냐고? 우리가 당신의
기록을 갖고 있으니까 당신의 아내는 대출할 필요가 없어.
사일러스, 4월이 되면 당신은 여기 없을 거야.

---

1) 이 시와, 다음에 이어지는 시 「악몽 1946년」은 1946년 조지아 주의 먼로에서 일
어난 백인들의 흑인 살해 사건을 배경으로 한다. 백인 폭도들이 두 쌍의 흑인커플을
총살했다.

살아있다는 사실 만으로도 당신은 틀림없이 죽게 될 거야.
먼로에서 일어난 일, 들었나?
그들이 당신을 나무에 매달게 되면, 유언장이 필요할 거야.

당신 가족은 끼니를 걱정할 필요가 없어
이 보험이면 돼. 그 슬픔의 날이 온다고 해도 말이지.
사일러스, 4월이 되면 당신은 여기 없을 거야.
당신이 갑자기 죽는다고 해봐, 유언장은 꼭 필요해.

악몽 1946년

만일 그들이 당신을 나무에 매달면 유언장이 필요할 거야.

우리 중 누구도 내일을 보장할 수 없어.

사일러스 당신은 4월이 되면 여기 없을지도 몰라.

제키얼의 입에서 메아리가 울려 나왔다.

그는 보험판매원 — 내일보다 더 검은 존재.[1]

그들이 나무에 당신을 매달게 되면, 당신은 유언장이 필요해.

가장 좋은 일요일 외출복을 입은 크래커들[2] —

증오심에 떨며 땀범벅이 된 얼굴은 붉게 상기되었고 피부는 창백하다.

사일러스, 4월이 되면 당신은 여기 없을 거야.

지역의 남자들이 한 명씩 깨진 병을 든다.

그들의 얼굴에 채찍질 자국 같은 미소가 조용히 번진다.

---

1) 보험판매원을 악마에 빗대는 통상적인 비유.
2) 조지아 주에 사는 가난한 백인들을 칭하는 속어.

우리가 네 목을 달면, 넌 관이 필요하게 될 거야.

참나무 아래서 그들에게 에워싸인 채 사일러스는 기도한
다.
그들의 차갑고 날카로운 손가락이 그의 귀와 코를 잘라낸
다 —
기념품이야. 사일러스, 4월이 오면 넌 여기에 없어.

경련이 멈출 때까지 매달려 있다가, 사일러스는 침대로
자유낙하 한다. 첫 수탉의 울음소리가 잠을 깨운다.
우리가 네 목을 달고 나면 그들이 널 구멍에 집어 넣을 거
야
사일러스, 넌 4월이 오면 여기에 있지 않아.

계절의 선이 만든 윤곽들

선들이 드러나서 얼굴에게 알려준다,
그것이 한 일을. 매일 사일러스는
그 텍스트를 수정한다. 반복을 강조한다.
교회의 속삭임, 카드게임의 외침들, 이발소의 웃음소리.
소년은 뾰로통해지고 말을 더듬는다, 살아남기 위해.
봉급날의 찌푸림, 토끼 사냥 웃음과 놀라움.
선 채로 생각을 이리저리 낚고, 목소리 톤과 한밤중의 신
음소리.
마을 위쪽에서 집까지 내려오면서 키스를 하고 대화를 나
눈다.
저녁식사 시간의 침묵이 수년간 이어진다. 매년 봄
헐벗고 눈먼 어린 새들이 입을 벌리고 애벌레들은
몸을 웅크린다. 자두열매 달린 가지가 구부러진 곳에 걸
린 구름
비 온 뒤 리본 모양의 홀씨로 덮인 황금빛 웅덩이
더러운 진흙말벌이 젖은 흙으로 둥지를 튼다 ―
마르기 전의 짙은 빨강, 흙 묻은 일몰이 증류한다.

고뇌

해가 떠오를 때 사일러스가 천천히 조용히 노래한다.

거미줄 하나가 헛간 문을 가로질러 축 늘어져 있어

그의 혀를 놀라게 한다. 하지만 그는 여전히 정확한 음조로 노래한다.

들판에는 점토질 자국이 트랙터를 따라간다.

한낮의 끝에서 그는 이 주름들을 가로지르면서

이제 죽고 없는 데보라를 갈망한다. 석류를 떠올린다 ―

별 의미는 없지만 ― 그녀에게 석류 씨앗을 하나씩 먹여주던 때를 기억한다.

그녀가 이 세상 저 하늘 아래서 계절의 선을 잘 따라갈 수 있도록.

그녀는 그가 원하는 동안 머무를 것이다.

그 열매를 생각하면 사일러스는 아직도 무릎 꿇게 된다.

돌아온 나방

되살아난 먼지가
가볍게 날아올라 유리가 된다.
불의 기억을 통해서
혹은 다시 생명을 핥기 위해서
휘몰아치는 재,
함께 바라본다.
너는 소비되어버릴 거야.
마룻바닥에 이르지도 못하겠지.
마술사의 번쩍거리는 종이처럼,
혹은 물방울처럼, 그 비는
절대 땅에 닿지 않는다.
신의 선물은 폐기되었다.
마치 다음에는 떨어질 거라는
잠재성의 가장자리에
머문 카드 한 장의 힘처럼.

당신이 알고 싶은 것

나는 태어났다……

당신은 무엇을 알고 싶은가?
아무것도 말할 게 없는데.
그래, 내가 쉽게 태어났다고
엄마가 말하셨지. 1907년 봄
바로 여기 밀리지빌에서
태어났다. 일곱 형제 중
다섯째 아이였다.
마을을 떠났을 때
태어났고 돌아왔을 때도
태어났다. 엄마가
손위 형제를 하나씩
낳을 때마다 나는 출생에
점점 가까워져 갔다.
나는 내 피부로 태어났다.
아버지와 조금 비슷하게
태어났다. 나는 실타래를
한 줌 가지고 태어났고,
주머니에는
아무것도 없었다. 나는

엄마와도 조금 비슷하다.
나는 조용하게 태어났다,
집안의 어른들이
폭풍이 부는 동안 숨 죽일 때
말하기를 배워 적게 말해도
폭풍처럼 크게 말하게 되었다.
그 뒤로는 거의 말하지 않았고,
대신 많이 들었다.
적어도 나는 내가
듣고 있다고 생각했다. 매번
거의 병아리처럼
나는 태어났다. 껍질을
깨고 나오는 과정은
너무 지친다.
당신은 뭘
알고 싶은가?
그렇다, 나는 이 세계로 왔다.
1907년
봄에.

유령 1918년

이 간이침대는 내가 움직일 때마다 아버지가 들어올 때
마룻바닥이 내는 소리처럼 삐걱댄다. 사라는 엄마와 아빠
의 침대에

있다. 못에 걸려있는 옷가지와 모자들이 유령이 된다. 나는
여름에 엄마가 부엌에서 통조림을 만들 때처럼 뜨겁다.
사라는 엄마와 아빠의 침대에 있다.

우리가 콜록거리면 엄마는 꿀과 술 한 방울을 넣고
레몬주스를 따뜻하게 데워준다. 엄마가 여름에 부엌에서
통조림을 만들 때처럼 내 몸이 뜨겁다. 엄마는 말한다,
피마자유와 오렌지면 괜찮을 거라고.

우리가 기침하면 엄마는 레몬주스에 꿀을 넣어 데운다.
술도 한 방울 넣고. 엄마가 사라의 가슴을 문지른다.
빅스 연고[1]를 발라 사라의 막힌 코를 뚫어준다. 엄마는
말한다, 피마자유와 오렌지면 돼.

겁이 난 사라는 울음을 터뜨린다.

엄마는 내 가슴에 빅스 연고를 바르고 문지른다,
내 막힌 코를 뚫기 위해서. 내 몸을 덮고 있는 퀼트는

---

1) 빅스 상표를 단 연고로 감기나 천식 등을 달래는 데 사용하는 연고.

시더나무 옷장에서 꺼내와 달콤하고 축축한 냄새가 난다.
사라는 겁에 질려 지금 울고 있다. 옷과 땀으로 축축해진
이불이
나를 마치 마녀처럼 붙들고 있다. 시더나무 옷장에서
가져온 들척지근하고 눅눅한 냄새 나는 퀼트가
나를 덮고 있다. 내 몸은 연고를 들이마실 때
코의 느낌처럼 차갑다. 옷가지와 땀에 젖어
축축한 이불이 마녀처럼 나를 붙들어둔다. 옷장에 달린
거울에서 사라가 잠들어 있는 모습을 본다. 내 몸은
연고를 들이마실 때 코의 느낌처럼 차갑다.
어른들이 속삭인다, 사람들이 어떻게 죽어 가는지.
스페인독감[2]이라고 한다. 옷장에 달린
거울에서 사라가 잠들어 있는 모습을 본다. 신이
사라를 데려가고, 내일쯤 나는 괜찮아질 것이다.
어른들이 속삭인다, 어떻게 사람들이
죽어가고 있는지. 스페인독감 탓이라고 한다.
못에 걸린 옷가지와 모자들이 유령이 된다. 신이

---

2) 전 세계적으로 5억 명이 감염되고 최대 5천만 명의 목숨을 앗아 간 1918년의 대
유행병 이름이다.

사라를 데려가고 내일 나는 괜찮아질 것이다.

이 간이침대는 삐걱거린다, 아빠가 들어올 때 마루가 내는 소리처럼.

사일러스 낚시하다 1967년

저기 저 해오라기는
선한 뱃사람 —
참을성 있게 — 애써 나아가서
기다린다. 하지만 오늘은
낚시하기 좋은 날은 아니다 —
우리 둘 누구도 운이
없어 — 고작 잔챙이만
내 미끼를 건드릴 뿐이야.
저기 그가 가네 — 높이 그리고 멀리
아마도 다른 연못으로 —
그 긴 두 다리를 뒤에 끌고서, 천천히
꾸준히 날갯짓하며. 나는 울고 또 울었어.
엄마가 돌아가신 날. 내 마음은
깊이 상처 입었지 내 아내가…….
데보라가 죽었을 때. 하지만 나는
눈물 한 방울 흘리지 않았어. 거의 10년이 되어간다.
여기 그들이 오네,
저 해오라기의 발에서
떨어진 물방울처럼.

사일러스가 진흙말벌에 대해 말하다 1973년

저기 붉은 진흙덩어리 보여? 집 위쪽
처마 바로 밑에 있는 거? 마치 이제 막 시체 한 구가 눕혀지고
그 위를 덮어버린 무덤처럼 보이지 ― 진흙말벌의 둥지야.
작고 늙은 검정 노랑 말벌.

가끔 당신은 말벌이 집 짓는 걸 보게 될 거야.
입 안 가득 젖은 진흙을 물어서 가져오지.
아니면 새끼에게 먹이려고 애벌레를 잔뜩 물어 오거든.

나도 전에는 진흙 일을 했었어. 벽돌공장에서 일했어.
화덕을 운반해서 불을 때는 게 내 일이었어.
일당이 나쁘지 않았고 같이 일하는 사람들도 좋았지.
조 채플 같은 사람은 정말 괜찮은 친구였어.

주인이 보지 않을 때 사내들은
진흙으로 뭔가 만들었어. 가족에게 줄 저금통,
꽃병, 재떨이, 항아리 같은 것들.

조는 똬리를 튼 뱀 모양의 램프를 만들었어.
주인을 속이면서 일하는 걸 좋아하진 않았지만,
나도 저금통을 한 번 만든 적이 있었어.
그렇게 만든 것을 집으로 가져왔어.

집에 두고 사용했지. 그 안에 뭔가를 담아두곤 했는데
몇 년 전에 그 저금통을 내가 깨뜨렸어. 신은 알고 있겠지,
화덕 사이에서 일하면 얼마나 뜨겁고 힘든지.

그 일이 정말 그리워 — 사내들과 함께 어울리고
진흙으로 일하고 — 먹고살았던 때가.
이봐, 신도 흙일을 했어.
아담을 빚으신 뒤 속을 채우셨잖아.

밀리지빌 저녁 노래

매미가 집을 짓고 뱅글뱅글 돌며 떨어지는
소리가 들리는가? 벌이 끝없이 윙윙거리는 소리만큼
마음을 달래주진 않지. 교회 전체가 증언을 하거나
벨트가 헐거워진 차가 윙윙거리는 소리 같아.
혹은 캠퍼스극장의 영사기가 영화를 시작할 때
필름이 늘어지는 것을 잡아당기면 나는 소리 같기도 하지.
나는 매미를 파낸 적이 있어.
매미는 땅에서 자라.
언젠가 장례식장에서 일한 적이 있었는데,
무덤을 팠었지. 산파와 장의사는
언제나 장사가 잘되지. 삽이
나무뿌리를 내려칠 때 나는 소리가 있어.
삽이 긁는 소리는 짧게 끊겨 — 돌멩이에
금속이 긁히는 소리가 아니라 삽 가장자리가
안으로 푹 들어갈 때 내는 소리. 때로는 싸워야 해.
하지만 그날은 쉽게 잘렸어. 수액이
수도꼭지에서 물이 나오듯, 혹은 박 꼭지에서 철철 흐르듯
흘러나왔어. 흙, 뿌리를 삽으로 떴는데
버터나 자기(瓷器)처럼 창백한 빛의 새끼 매미가 나왔어 —

뿌리를 빨아먹고 있었던 듯했어 ―

바깥은 갈색이었는데 안은

노랑이었어. 전에 키 크고 노란 남자가 있었어.

내가 어렸을 때 우리가 살던 길 위쪽에 살았던

로버트 솔로몬 씨야. 그의 부인은 갈색 피부를 한 여자였

는데

미스 도리스라고 불렀어. 그는 꿀벌을 길렀고

그의 부인은 밀랍으로 양초를 만들었어. 그는

하얀 상자들 ― 벌집 ― 을 한여름에는 목화밭 옆에

가져다 놓았어. 길에서 벌들이 꽃들 사이에서

붕붕거리며 얘기하는 소리를 들을 수 있었어 ―

작고 검은 노랑 생명체들이 붕붕대며

폭풍을 만들곤 했어. 그는 목화 꿀이 세상에서 가장 달다

며

해마다 크리스마스가 되면 우리에게

꿀 한 단지를 주었어. 우리는 엄마가 만든 비스킷에 꿀을

발라 먹었지.

엄마는 밀가루를 다섯 번이나 체로 걸러서 제대로 비스킷

을

만들었어. 꿀은 천천히 흐르고 아주 달아서 그 안에 담긴
수정알갱이까지 보였어. 꿀은 순식간에 동이 나곤 했지.

그가 만든 꿀이 다 동날 때 까지 우리는 일 년 내내 사 먹
었어.

그 뒤에는 부룩킨스 마켓에서 파는 시럽을 샀어.

부레어 래빗[1] 사탕수수 시럽이었는데 그의 꿀만 못 했어.

그 노랑 빛 도는 갈색의 꿀에서는 환한 빛이 났지만

해질녘 갈색빛 나는 시럽은 ― 따듯하고 연한 갈색인데

혀 안에서 다른 맛이 났어.

부룩킨스 마켓의 마룻바닥은 그 위를 걷는 사람의

무게로 삐걱대며 신음하곤 했지. 발걸음을 옮길 때마다

마룻바닥이 개구리합창단처럼 개골개골대었고,

그 소리는 높은 천장에까지 울렸어.

사람이 많이 모여들 때는 바닥 소리와 발들이 내는

소리가 서로 맞장구치면서 마치 매미들처럼 시끄러웠어.

---

1) 시판용 시럽 브랜드명.

아주 분명한

물은 어디에 머물지 자신의 수위를 찾는다.
바보는 동전을 던져서 결정을 내린다.
이건 내가 기억하는 아버지가 항상 하시던 말씀이다.
그런데 아버지 말씀이 형 윌리에게는
먹혀들어 가지 않았던 것은 참 딱한 일이다.
그 바보는 자신의 수위를 가장 낮은 곳에서 찾았다.
그 난리를 겪으면서도 아버지는 말했다.
여전히 윌리는 자기 아들이라고. 둘의 얼굴이 닮았다는
거야 부정할 수 없지.

우리는 1953년에 아버지를 매장했다. 그해 그들은
전력을 만들려고 댐을 완성한 뒤 오코니 강을
저장해두었다. 호수가 생기자 도시는 변했다.
농장이 물에 덮이고 한두 그루 정도의 나무가
수장되었다, 그들이 이 새로운 해안가의 땅을 모두 사들
였다.
그 이후, 말하자면, 사정은 계속 변해간다.
바보들이 동전던지기를 해서 결정을 내리듯이,
또 물은 어디에 정착할지 그 수위를 찾기 마련이다.

소년

이봐, 미스터 미스티[1] 맛을 보게 해줘.
아니 그건 네가 태어났던 60년대부터
팔았어. 컵에서 쉭, 하고 나는 소리가
좋아. 세미 데이비스 주니어가 신발을 부드럽게
끌면서 내는 소리 같아. 그걸 모래 춤이라고
불렀지. 마치 곡물을 체질할 때 나는 소리, 아니면
빠르게 달리는 기차소리 같아. 작은 얼음알갱이들이
입 속에서 이를 두드리고 삼켜버리기 전에
입 안 가득 넣고 씹으면 그 달콤하고 차가운 것이
스르르 녹지. 처음 먹었을 땐
빨리 마셨더니 시럽에 든 수정알갱이가
목구멍을 내려가면서 이리저리 춤추는 바람에
크리스마스와 새해에 부는 추운 바람처럼 차갑게 목에서
부터
가슴까지 내려갔지. 그것으로도 충분하지 않다는 듯
내 머리통이 두 동강으로 빠개져버릴 것 같았지.
내 이마가 마치 데어리 퀸[2] 표지판처럼 빨갛고 넓게

---

1) 미스티 얼음을 잘게 부수어서 과즙, 우유, 설탕 등을 넣어 만든 차가운 얼음음료.
2) 미국의 아이스크림과 얼음음료 제조회사.

큰 상처가 난 것처럼 보일 거라 생각했어.

있잖아, 이 아이스크림은 그런데 너희 엄마가 만든
파인애플 아이스크림에 비하면 아무것도 아니지.
고작해야 부드럽고 가벼운 얼음우유일 뿐이야.
철탑처럼 높게 쌓아 올려 봐도 아무것도 아니야.
너희 엄마는 직접 만든 커스터드에 달걀 12개를 넣기 때
문에
맛이 풍부하지. 전기 아이스크림 기계가 윙윙 돌아가면
모터 신음소리가 얼음과 소금이 통에서 한데 섞이면서
나는 소리와 합쳐지고, 아이스크림이 단단해져 가면서 내
는 소리는
정말 기분이 좋아, 왜냐면 이제 곧 아이스크림을 먹을 수
있다는 걸
알 수 있으니까. 있지, 어떤 사람들의 머리통이 부서지기
도 해.
하지만 우리는 그쪽 창문으로는 다시 갈 필요는 없어.

나는 태어났다⋯⋯ 리덕스

나는 집에서 태어났다, 봄에
1907년
밀리지빌에서. 그 집은 아직도 있다.
지금은 모두 죽은 사내들이 지은 집.
나는 61년 전 봄에 태어났다.
마을 남쪽에 지은 집이 있던
솔로몬 해리스의 이름을 딴 공동체에서
생애 처음 빛을 봤다.
솔로몬 해리스는 다운타운에서 처음으로
비즈니스를 시작했던 사람 중 하나였다.
대장간이었다. 직업은 대장장이였고
해리스버그에서는 잡화점을 운영했다.
나는 그곳에서 리코리스[1]와 풍선껌을 사곤 했다
사람들이 말하길 그는 넉넉한 사람이었다고 한다.
그는 수많은 말과 노새의 징을 외상으로 박아주었다,
우리 학교 이름은 해리스버그였다.
지역공동체와 그의 이름을 기리기 위해서였다.

---

1) 감초의 진액으로 만든 일종의 캔디 스낵.

그의 아들도 대장장이였다. 아버지와 아들 모두
해머를 휘둘렀다. 지금은 둘 다 죽고 없다. 시대는 변해간
다.
『유니온 레코더』가 고등학교의 통합 소식[2]을 전한다.
우리 아이들을 그들의 학교에 입학시키면 무슨 일이
일어날지를 보려고 한다고 했다. 내 생각에
우리가 가기 전에 그들은 자기 집안일이나
잘 챙기고 볼 일이다. 성경말씀에도 그렇게 쓰여 있다.
우리 엄마는 집은 똑바로 세워져야 한다고 하셨다.
아빠와 그들은 알코올수준기를 사용했다. 그리고
해머를 휘두르기 전에 측연 선을 낮추었다. 나는
그 물막이판자 집에서 생애 첫 햇살을 봤다.
가장자리가 푸른 흰색 집이었다.
모든 창문은 잘 맞추어져 있었고 문은 똑바로 걸려있었
다.
창문과 문은 놓인 그대로 유지되었다.
레이첼 할머니와 할아버지가 한동안 함께 사셨다.

---

2) 미국에서 1960, 1970년대에 흑인과 백인학생들을 한 학교로 인종통합 했던 시기
가 있었다.

집은 곧게 지어졌지만 세월이 흐르면서
비틀어졌다. 나는 그 집에서 태어났다.
그 집에서 여러 세대가 함께 살았다. 아직도 그 집이 있다.
측연 선은 세상의 중심을 향해서 기둥처럼 꼿꼿하게
똑바로 매달려 있다. 삼촌 에디의 장례식이 떠오른다.
에디는 엄마의 오빠다. 그는 사바나³⁾에 살았고,
부두에서 일했다. 1938년 여름에
병에 걸렸는데 회복하지 못했다.
나는 엄마를 포드 차 A모델에 태우고 장례식에 갔다.
그를 진흙 속에 눕히던 날은 따뜻했다.
큰 폭풍이 지나간 다음 날이었다. 그는 침대에서
고요히 잠이 들었다고 했다. 폭풍이 지난 뒤
수많은 나무들이 땅에서 뽑혀 나갔다. 늙은 참나무조차
폭풍을 견뎌내지 못했다. 묘지에 나무 두서너 개가 넘어
져 있었다.
스페인이끼⁴⁾는 낡은 밧줄 같은 잿빛 실타래를 늘어뜨리

---

3) 조지아 주의 한 도시.
4) 조지아 주를 비롯한 미국 남부지방에서 자라는 열대 나무로, 축 늘어지는 가지의
모습이 이끼처럼 보이나 이끼는 아니고 꽃피는 나무이다.

고서

　세월이 흐르면서 풀려나도 여전히 측연 선처럼 곧장 아래
를 향해있다.

　내가 태어난 그 집은 아직도 그곳에 있다.

2부
위험물질

거리감이 뼛속에서 자란다

어디에선가 나는 너를 놓쳐버렸다.

— 아가 사히드 알리, 「작별」

나의 사랑에게

내가 욕망을 생각할 때, 당신을 생각하면 나는 두꺼비의 뼈를 생각해. 두꺼비의 뼈는 내가 좋아하는 브래드 푸딩[1]을 들고 미리 연락도 없이 우리 집 현관 앞에 나타난 숙모처럼 나타나지. 내 입 속에서 그 뼈는 이해가 되지 않아. 그 감촉은 나를 넘어서 있거든. 방금 오직 그 뼈만을 생각했어. 덩어리 전체의 이해할 수 없는 부분들. 실용적인 구조. 새의 닮고 닮은 뼈처럼 낭만적이지 않고, 아니면 아예 닮지 않았기를 바라. 마지막 장난감처럼 당신을 갖고 싶어. 지금 내 숨은 멈췄어. 마치 가위주머니를 들고 뛰는 아이를 바라보고 있을 때처럼. 숨을 멈추어 운명을 미뤄 두었어. 나는 그 주머니 안 어딘가에는 아트로포스[2]의 큰 가위가 있다고 확신해. 아마 그 가위는 운명에 속하는 걸 거야. 꿈속에서 안락의자에 앉아 앨범을 들추어 보는 늙은 여자는 램프 아래서 부고소식을 자르고 있어. 나는 창문 밖 길가에서 방 안을 들여다봐. 오늘 밤 어디에서 산책할지 생각하면서.

로렌에게

---

1) 빵과 우유, 달걀 등으로 만든 푸딩.
2) '아트로포스'는 그리스 신화에 등장하는 운명의 여신 모이라이 3자매의 막내다. 가위를 들고 생명의 실타래를 자르는 일을 맡는다.

위험물질

연금술사 같은 캐나다인들을 찬양하노라
해로운 물질(HAZARDOUS MATERIALS)을
위험한 물질(DANGEROUS GOODS)로 바꾸어놓다니.[1]
삼 년 전 그날 당신이 운전을 했어.
나는 옆 좌석에 앉아있었는데, 저 표지판을 보고 들떴었
어.
어떤 문장이 낯설어지는 경험이었거든.
당신을 생각하는 건 너무도 쉬워.
진부함을 무릅쓰고 말하자면
당신은 내 삶에서 정말 대단한 물건.
이번 봄에는 혼자 자동차여행을 했는데
존재론이라는 단어가 나를 덮쳤어.
뉴욕 주의 던커크에 있는 데미트리의 그리스레스토랑에
앉아있었어. 레스토랑 밖에는

---

1) 대문자 영어로 된 부분은 북미지역에서 위해물질을 표시하는 표현이다. 국경을
넘어 미국에서 캐나다로 넘어가면서 위해물질을 표시하는 표현이 다른 것을 보고 쓴
시이다. 캐나다의 위해물질 표시에는 'goods'라는 단어가 사용되는데, '좋다' 혹은 '선
한'을 의미하는 'good'이 복수형이 되면 '상품' 혹은 '물질'을 의미하는 명사표현이 되
어 중의적 낱말이 된다.

전력공장이 이리(Erie)[2] 호수 위로 그림자를 드리우고 있
었어.

불이 켜지자 갈매기들이 황혼 속을 회전하며 날아다녔어.

내가 생각할 수 있는 것이라곤, 추상적 관념으로 호박을
깎는 일이었어 ―

잭오랜턴[3]의 존재론.

당신의 부재를 달래줄 얼굴 표정을 하나 만들긴 했는데

양초와 촛불의 흔들림을 생각했지 ―

불이 밝혀지거나 캄캄한 암흑이거나.

덴마크의 왕자[4]가 당신과 잭에 대한 내 상념에 끼어들었
고,

나는 포틴브라스의 아버지[5]를 떠올렸어.

그는 고향의 행동파 사내였지. 나는 여기

이 세상에 이렇게 나와 앉아서

---

2) 미국 5대호 중 하나.

3) 10월의 마지막 날 핼러윈에 호박을 깎아 얼굴 모양으로 만들고 촛불을 안에 넣어
두는 공예품.

4) 셰익스피어의 4대 비극 중 하나인 『햄릿』의 주인공 햄릿.

5) 포틴브라스는 『햄릿』에 나오는 노르웨이의 왕으로 햄릿의 아버지에 의해 죽임을
당한 자신의 아버지를 위해 복수하려고 덴마크를 공격한다. 아버지의 복수를 지연시
키면서 행동으로 옮기지 못하는 햄릿과 비교된다.

잭오랜턴의 존재를 명상중이야.
당신을 떠나 있을 때마다
내게 유령처럼 나타날 거야.

욕망 사이 거리(距離)

달(月)에서부터 이 시의 마지막 행까지
욕망 사이 거리를 낮게 흥얼거린다.
밤의 파곡(波谷)에서 잠든 재스민,
달빛을 다 써버려 마비 상태.

이 시는 끝까지
욕망을 차단한다. 매일 우리를
잡아당기면서 거리(距離)를 흥얼대라고 재촉하는

육중한 드럼에 건배! 욕망 사이에
인간은 사뿐히 걸터앉아
자줏빛 검은 밤을 비추는 달을 비웃는다.

그리고 달에서부터 끝까지의 숨결을 잰다. 우리 시의
결말을 집어던져 그들을 멈추어 세워두고
희망한다, 누군가 시가 길게 이어진다고 말하면서

기쁘게 욕망 사이 거리를 흥얼대기를. 욕망은
우리를 굴복시키고 주저앉힌다. 모자를 벗고

내가 떠나온 곳을 향해 예의를 갖추길. 욕망은 우리가

어디에서 왔는지 간파한다. 이 시가 끝날 때까지 달은
부드러운 빛을 비춘다. 하나의 욕망이 떠나면 또 다른 욕
망이
욕망 사이 거리를 낮게 흥얼거린다.

바하마 여행: 배에 있던 흑인들에 관한 명상

첫째 날

빅레드보트
SS 아틀란틱[1]의 현문 위로
희고 붉고 푸른

나부끼는 깃발과 장식들
유색인종 선원이 낮게
미국 국가 "성조기"[2]를 부른다.

강한 악센트 단조로운 고음
낮게 깔리는 목쉰 소리
항구를 떠난 배가 바다로 천천히 나아간다.

---

1) 대서양을 오가는 여객선으로 1870년에 처음 아일랜드의 벨페스트에서 건조되었고. 1873년에 19번째 항해에서 난파되었다. 이후 1953년에 같은 이름의 화물선이 미국에서 건조되었다. 곧 여객선으로 용도 변경되어 1960년대에 카리브 해와 지중해를 항해했다.
2) 별과 선 무늬로 구성된 미국의 국기 이름이다.

둘째 날

바하마 행 순항유람선
7월 4일
가족모임

비좁고 갑갑한 갑판 아래
공짜 샴페인 병을 들고
동생과 함께 앉아있다.

샴페인이 해안가 도시처럼
소금기 가득한 물을 썼어낸다.
노예선이 들렀던 항구의 마을.

셋째 날

햇볕 가득한 갑판 위
헤드폰을 통해 들려오는

찰스 밍구스[3]의 〈타운 홀 콘서트〉

"안녕 에릭"과 "에릭과 기도를"
노래 두 곡이 연주된다.
첫 곡이 끝나자 터지는 박수소리

밍구스가 다음 곡을 소개한다.
다음 노래는 에릭 돌피[4]가 제게
설명해준 대로 작곡한 것입니다.

독일의 나치유대인수용소와
미국 남부지역의 노예수용소는
비슷한 점이 많습니다.

유일하게 다른 점이라면
남부엔 가스실이 없었어요.
우리를 구워낼 뜨거운 스토브도 없었지요.

---

3) 재즈 뮤지션.
4) 미국의 재즈 작곡가.

하지만.
그는 계속해서 말한다.
그래서 저는 노래 한 곡을 써서

누군가 우리에게 총을 가져다주기 전에
철사절단기를 구하는 방법에 관한 명상이라고 불렀습니다.
융합과 대화재

넷째 날

노예선 갑판 아래 선창
입관을 간신히 할 정도의 공간에 —
아주 작은 관처럼 다닥다닥 낀 채 —

낯선 사람들, 형제자매, 아버지 어머니에 둘러싸인 채
책장에 꽂힌 책들처럼 — 검은색으로
장정이 잘되어 있다 — 진행 중인 여행기를 담을 책.

다섯째 날

"나는 태어났다"
검고 대담하게
콘크리트 정박블록 위에 뿌려졌다.

부두 위
뻔한 문구
노예 서사의 "옛날 옛적에"

그들은 미국에서 태어났다.

여섯째 날

현창(舷窓)의 붉은 프레임 안에서
두 개의 푸름이 만난다.
파도가 덤으로 물결친다.

고양이의 목둘레 털 — 짙은 푸른색
(그가 산 신상품 청바지의 상표 색이다)
면화 이전에는 왕이었던 인디고[5]

일곱째 날

바하마 비치에서 면세로 산
투명한 푸른 물이 든 술병
봄베이 사파이어는

전혀 나를 위로해주지 못한다.

---

5) 남색의 일종인 쪽빛을 만드는 식물과.

성 베드로 대성당[1]에 울린 목소리: 게데 스 토마스에게

기초부터 돔까지 크리스토퍼 렌이 디자인했다 —
17, 18세기에 지어졌고
첫 스무 명이 제임스타운으로 끌려온 후
90년이 지나 완공이 선포되었다.

속삭임 갤러리[2]에 홀로 남아
나는 아무도 없는 왼쪽으로 귀를 기울였다.
내가 들리나요?

어떤 목소리가 들린다. 나의 아버지의,
그의 아버지 목소리가, 오른편에서 나온다 —
내가 들리나요?

나는 이곳으로 목소리를 데려왔다.
그들은 냄새처럼 오래 남아있다.

---

1) 영국 런던의 러드게이트 힐에 있는 성공회성당으로 성 베드로에게 봉헌되었다.
604년에 지어졌으나 1666년 런던 대화재로 타버려서, 1675년에 재건축되었다.
2) 교회의 돔 아래 둥근 반원의 구역으로 이곳에서는 속삭임도 들린다.

고레이 섬[3]의 성채를 방문했던 한 친구가 말했다.
노예무역 시절 죽음의 냄새를 맡을 수 있어.

3) 세네갈의 타카로 노예무역이 성행한 곳이었다.

이 주일: 에릭 블랙에게

빅벤이 다시 다섯 시를 알렸다.
왜 나는 여기 밀레니엄 회전 차에 와 있나?
런던의 눈이라는데, 나는 줄은 서고 싶지 않아 ─
줄은 서지 않을 테야, 그렇지만 나는 여기 와 있네.
낡은 건물들로 가득한 런던은 형편없다.
조각상, 공원, 극장, 박물관
테이트 영국[1]에는 리처드 대드[2]의 작품이 있다 ─
그는 18세기에 아버지를 죽인
영국인으로, 정신병동에서
요정의 나라를 그리면서 오래 살았다고 한다.

이 고독한 체류를 위한 사운드트랙
히스로우 공항에 내렸을 때 발견했던
뒤집혀 있던 퍼즐조각처럼 고요하고 부차적이다 ─

---

[1] 1887년 헨리 테이트 경이 소장품을 기증하면서 내셔널 갤러리 소속 국립미술관
으로 시작해서 1955년 테이트 갤러리로 독립했다가, 2000년 현대작품들이 테이트모
던으로 옮겨간 후 테이트 브리튼으로 이름을 바꾸게 되었다.
[2] 영국 빅토리아 시대의 화가로, 20대에 이집트를 탐사하면서 정신분열증을 겪는
다. 돌아와서 부친살해를 한 뒤 정신병원에서 지내면서 그림을 그렸다.

끔찍한 오트밀 뒤적여봐야

아무 패턴도 없이 그저 녹색일 뿐, 예상치 못했다 —

지하철에서 누군가 휘파람을 불던, 제목은 모르는 음률,

이제는 내 머리를 뒤흔들지, 혹은 웨스트민스터 다리에서

어제 본 죽은 비둘기 템즈 강 위에 둥둥 떠 있었다.

— 날개 중간부분이 살짝 펄럭였고 — 길옆

도랑에서 비틀거리거나 행인의 발걸음을 피해

철퍼덕거리던 날개 —

관광보트가 지나간 자리 물결 위로 날아간다.

휴가

미시시피 강을 건넜다.
처음이었다.
둘째 날 아침 일찍 천천히
차를 몰아서 닷새 동안 운전을 한 뒤 —
운전하고 방문하고,
운전하고 자동차가 고장 나고,
운전하고 만나는 수많은 도로 표지판:

세상에서 가장 큰 인디언 보호구역을 구경하러 오세요
다음 오른쪽으로 나가면 녹색규화목
살아있는 알비노 동굴 버펄로
공짜 72온스 스테이크

(언제나 조건이 달리기 마련이다)
운전하고 자동차가 고장 나고
운전하고 서쪽으로 가면
운전하고 아직 대양에 도착하지 않았다.

나는 앨버커키[1]에서는 잘 수 없어.

어제 나는 깨달았다.
이곳과 산타로사[2] 사이
(그곳에서 우리는
트랜스미션 때문에
하루를 버렸다)
땅은
너무 헐벗고 평평하다.
지평선은 어수선하거나
끊기지도 않은 채
나무들이나 혹은 어느 것으로라도
더 가깝게 다가온다.
나는 이렇게 멀리 올 생각은 없었다.

나의 어머니, 아버지, 형
할머니들과 숙모들 —

---

1) 미국 뉴멕시코 주에 있는 도시.
2) 미국 캘리포니아 주에 있는 도시.

모든 것이 잘려 나갔다.
나는 더 이상 느낄 수 없다.
거리감이 뼛속에서 자라고 있다.

오늘 밤 커브를 돌고 난 듯이
방이 빙빙 도는 듯하다.
조지아 주를 떠나온 이래
술을 마신 적이 없었다.
나는 느낄 수 있다, 세상이
이 침대 아래서 비틀거리는 것을.
균형을 잃었다.
조지아 주가 망각으로 밀려났기 때문이다.

해방된 자가 그의 동료에 대해 말하다. 밀리지빌에서 신(新)필라델피아로 1872년

샌디 개노웨이는 이곳을 떠났다.
그 늙은 검둥이는 늙은 아내와 아들,
며느리를 데리고 물 건너갔다.

이곳은 거의 72년 된 그의 고향
— 이제 리베리아 자유의 땅으로
떠난다고? 하지만 그는 이미 자유를 얻었다.

셔먼이 밀수품이었던 우리를 뒤따라온 이래
우리 검둥이들은 이제 자유인이다 — 정착하거나 방랑할
자유.
이곳은 샌디가 참고 살 만한 곳이 아니었나 보다.

그는 그곳에서 자유의 약속을 깨닫게 될 것이라 생각한
다.
샌디 개노웨이는 이곳을 떠났다.
이 자유를 새롭게 해방된 우리들에게 남겨둔 채.

이곳에 남아 일하고 싸울 자유, 입장을 고수하거나 주저할 자유.

그 새로운 자유인은 바다 건너 저 너머로 향해간다.

그들이 조국이라고 부르는 그곳에서 진정 자유롭기 위해.

개노웨이 돌아오다 1874년

뉴욕에서 파산하고 고향으로
돌아가려는 노인 샌디 개노웨이는
밀리지빌보다 약 두 살 정도 더 나이 들었다.
그는 다시 그곳으로 돌아가려 한다.
조지아 주 — 고향 — 에서 태어나기도 전에
주인의 소유물이었다가 자유를 얻은 곳

그는 아프리카를 봤다.
리베리아는 거의 모든 면에서
이 노인과 어울리지 않았다.

얼굴은 알아볼 수 있었지만 원주민들을
절대 고향에 살던 사람들만큼 알 수는 없었다.
결코 그곳의 음식을 좋아할 수 없었고
빛이 비추는 방식까지도 좋아할 수 없었다.

리베리아(태어나기도 전에 주인의 소유물이었다가
자유를 얻은 사람들을 위해 만들어진 곳)와
노인 샌디 개노웨이는 결코

엄마와 오래 잃어버린 아들이
집에 돌아왔을 때처럼 포옹하지 못했다. 그곳은
그의 아버지와 소유주와 피소유주의 나라가 했듯이
그를 붙잡지는 못했다.

노인 샌디 개노웨이가 죽음을 상상할 수 있는 곳은
사람들이 그렇듯이
그가 아내의 두 팔처럼 잘 알고 있는 땅이었다.
고향은 어디에서 오는가
— 인종과 같은 장소인가?
인간은 항상 뭔가를 발명한다.
리베리아와 아메리카 같은 나라처럼
샌디가 태어나기 전에 이미
주인의 소유품이었다가 자유로워진 곳, 아메리카.

일어날 수 있는 일
 − 엽서시 연작

교토에 있으면서도 ─
뻐꾸기의 울음을 듣고 ─
나는 교토를 그리워한다.

― 바쇼*

잘못 보낸 엽서

어제 나는 있었다, 라고 문장을 시작한다.
오늘 나는 봤다, 라고 시작할 수도 있다. 하지만
주어 *나*란 너에게 아무런 의미가 없다는 것을 안다.
네겐 주어 *나*이든 목적어 나를 이든 상관없다.
하지만 너는 적절하다 —
적절하게 어울리지 않는다, 어린 시절
그게 아냐,[1] 라는 게임하면서 노래 불렀듯이.
너는 참회실 같다. 혹은 아마도
레스토랑의 건의함일지 모르지.
너는 내가 회개를 하든 비아냥대든
신경 쓰지 않는다. 나는 네게
오늘 하이킹 다녀온 천국의 저편에 대해
말해줄 수 있다. 그곳에 사는 식물과 동물에 대해 —
새들에 대해서도! 아니면 사이들 퍼레이드,[2]
어제 봤던 그 미묘한 광경에 대해서도.
하지만 그런 것들은 중요하지 않다. 네게 말할 수 있다,

---

1) 미국 어린아이들 사이에서 잘 알려진 놀이.

2) '사이들 퍼레이드'는 시인이 만든 것. 영어단어 sidle이 옆을 따라 몸을 숨기듯 움직인다는 뜻으로, 그런 모습으로 벌이는 퍼레이드를 상상한 것.

내가 정말 무엇을 느끼는지
내 아버지에 대해서, 혹은 내 신발 치수에 대해서.
그것들의 무게는 같다.
심장의 무게달기 의식[3]처럼 ─ 영혼은
천국으로 들어가려면 깃털의 균형을 맞춰야 한다.
내일은 사자(死者)의 단추박물관[4]에 갈 예정이야.
사자(死者)의 조절판이라고도 불린다, 마치
기관사가 꾸벅꾸벅 졸 때를 위해 마련된 조절판처럼.
압력이 없으면 브레이크가 작동하게 되어있다.

---

3) 죽은 자의 심장을 새 깃털과 함께 무게를 달아 사후의 생명을 정하는 고대이집트
의 의식으로 깃털보다 무거우면 죄를 많이 지은 것으로 판명되어 저울 옆에서 기다
리고 있던 괴물에게 먹이로 던진다.

4) '사자의 단추'란 표현은 기계를 작동하던 인간이 갑작스러운 이유로 죽게 되면 자
동으로 작동하게 되어있는 버튼이나 스위치를 의미.

에두아르도에게 보내는 엽서 – E. 코랄을 위해서

노스다코다 주의 딕킨슨을 떠날 때 웨스트94번 도로
태양이 등 뒤에서 솟아오르고 앞에는 트랙터 트레일러가
있다.
내 시야의 높이에서 보니 어디에서 왔는지 뜬금없이,
아마 천상에서 왔을까, 와인에 젖은 손수건이 나부낀다 —
마치 멍이 생기듯 조용히 떨어진다, 옆 레인 위로.
트럭 세척기에 껴있는 제비.
그들은 한때 동굴에 살았지만 지금은
인간이 만든 서식처, 다리와 헛간의 처마 아래에 둥지를
튼다 —
헛간에는 말 연장이 보관되어있다.
네가 연장 이름을 하나씩 내게 읊어주었지 — 말 안장 끈,
가슴걸이 끈, 아래턱 끈 — 'ㄹ' 발음을 굴리면서
연장들이 지닌 가치보다 넘치게 단어를 잡아채었지. 나중
에 알게 되었어,
아래턱 끈은 언제나 살살 넉넉하게 매주어야 한다고.

도착지에서 보내온 엽서

사람에겐 용골이 필요하다고 들었다,
6피트짜리 뼈
근육을 충분히 길러서
스스로 일어나 공중에 머물기 위해서는.

혹은 미풍과 돌풍 사이 바람
빠져 죽기에 충분한 양보다
조금 더 많은 물과
항해하기 위해 필요한 부력감을 유지하려면.

용골 뼈가 배의 키는 아니지만
이 둘 중 뭐라도 여기에 너를 데려올 수 있지.

나는 이렇게 말해야 할지 모른다, 오늘 이곳의 날씨는
따뜻하고 맑았다고.
혹은 보트에는 용골이 있고 새들에겐
용골 뼈가 있다고.

당신이 나를 알기 전에

나는 로빈 새의 붉은 가슴에 돋아난
부드러운 깃털 사이의 공간이었나?
— 따스함을 원하는 가냘픈 열망

용골의 날카로운 앞 끝은
물가름[1]이라고 부른다.
이것을 슴새[2]와 혼동해선 안 된다 —
한 번도 해안가에서
슴새를 본 적이 없다.

이 메모는 병에 들어간다.
내용물을 비운 병에 마지막 붉은 한 방울이
병목을 타고 내려간다.

와인 잔의 배처럼 둥근 부분에
곧 찌꺼기가 남을 것이다 — 해먹이 여기에
축 늘어져 있다. 하루의 찌꺼기가 바다 위에 내려앉은 곳,

---

1) 물결이 헤쳐지는 부분.
2) 대서양 연안에 서식하는 긴 날개를 가진 바닷새.

모든 것의 최단.

여기에 있는 건 나야. 나는 바로 여기에 있어. 나는 욕망
이야.

당신이 올 때 내가 아무것도 아닐 게 두려워.

당신이 이곳에 있는 순간을 그리워할 거야. 집에

머물러줘. 나를 영원히 붙잡아줘.

안나에게 보내는 엽서 – A. 포터에게

카이로에서는 거리의 비둘기가 그리웠어.
탈랏 하브[1] 근처에서 재스민과 저녁을 먹었던
노천 식당엔 비둘기가 없었어.
마카로니 조각을 떨어뜨렸는데도 말이야.
비둘기는 식당메뉴에만 있거나
푸조[2] 뒷좌석에 있었고
단단해 보이는 나무 철장 위에 있었어.
철장 문이 열려 있었거든. 그곳엔
내가 떨어뜨린 음식조각을 처리해줄 참새도 없었어.
며칠 뒤 메뉴에 참새가 있었지.
웨이터는 주저하더니 통역을 해줬어.
아라비아어로 된 메뉴였거든. 우리는 *그래 좋아*
참새 요리로 하지, 라고 말했어. 손에 들고 있던
뼈에서 주춤거리고, 내 육식의 입인 턱에 저항을 하는
이 뼈들은 근육을 묶어주는 힘줄.
새의 작은 몸이 공중에 뜰 수 있게 해줘.
앉아서만 생활하는 도시 주민들 머리 위로

---

1) 이집트의 거리 이름. 경제학자의 이름에서 땄다.
2) 자동차 메이커.

날아다니던 몸, 이제 한 입 먹거리를 제공하지.
서로에게 메모를 남기기 위해
납작해질 때까지 두드려 펴고 갈색이 될 때까지
말려서 사용하는 파피루스가 자라는 이 강가에
잠시 들른 사람들을 위해
포트와인 소스에 담겨 있던
참새들은 맛있었어.

오늘 나의 세 번째 홀림에 보내는 엽서

나는 계속 이동했다. 내 신발 바닥은
48개 주의 땅을 밟았고
여섯 개의 캐나다 지역과 일곱 개의 국가에 닿았고
세 대륙을 가봤으나, 여전히 홀려 있다.
당신은 누군가의 딸처럼 보여
그게 너무 매력적이야. 나는 한때
이렇게 생각했는데, 지금은 대체로
그들은 누군가의 엄마나 이모야.
가끔은 사촌, 삼촌, 형제 혹은 아들이지.
도처에서 홀려.
아마 내게만 있는 일이겠지. 어쩌면 내 행운일지도.
항상 더 하트[1]의 상점 앞에서 어슬렁대다가
구석에서 낮게 흥얼거리는 사람들을 보는 것처럼
— 동전 한 닢과 싱글거리는 표정을 위해
노래를 부르지. 대부분 나는 처음, 그리고 두 번째 홀림에
기대를 걸지. 때로는 다섯 번째나
여섯 번째가 되기도 해. 그들은 나를 주목하지는 않지만

---

[1] 가게 이름으로, 홀림을 경험하는 심장을 의미하기도 한다.

내 눈에는 미소 짓는 것 같아. 어쨌거나 내 심장은
연못의 표면에 키스를 하는 납작한 돌멩이들처럼 뛰어.
물에 빠지기 전에 한 번 더 날아오르는 돌멩이들.
오늘은 물방울무늬 드레스를 입은 당신이야.
나의 세 번째 홀림이 되어준 것에 대해 고맙다고 해야겠
어.
더 하트는 큰 체인점이야. 당신이 가는 곳 어디든 하나쯤
있어.
이곳은 어슬렁거리지 말라는 표지판이 거의 붙어있지 않
아.
아마 구걸하지 말라는 표지판은 보게 될 거야.
당신이 와서 볼 수 있게 이곳에 엽서를 놓아둘게.

후회에 부치는 엽서

친구를 방문했는데 어찌되었든
내가 그녀의 기분을 상하게 했다는 걸 알았다.
너를 귀찮게 하려는 건 아니야.
이것만 말하고 싶어. 이번 일은
그녀가 기분을 상했거나 내가 뭘
잘못했기 때문이 아니야.
그녀가 느꼈을 고통을 생각하니
너를 떠올리게 되었어.
기억나? 그때 너에게 출신이 어디냐고,
나는 남부에서 흔히 하듯이 물었지.
너는 대답했어. *욕망은 내 사촌 — 나는 그녀와*
정반대야. 나 같은 사람은 많아 —
지금 소망하는 사람들은 다를 거야.
낙담과 친구 사이라면 내 친구도 되는 거야.
그래서 내가 널 생각했어. 너는 내가
방금 얻게 된 과거로부터의 출구이고, 또 중요한
입구야. 너는 내가 잘못된 선택을 했거나,
너에게 다가갈 때마다
우연히 마주하게 된 현재 — 마치 귀뚜라미를 놓쳤을 때

해오라기가 느낄 슬픔처럼.
해오라기가 자신이 놓쳐버린 소소한 것들을
슬퍼한다면, 나 역시도 그렇겠지,
나의 상실감과 실수, 내가 놓쳐버린 기회들.

내키지 않는 일에 부치는 엽서

나는 떠나려고 했어, 너를 자유롭게 해주려고.
해야 할 일의 목록을 만들어야 했는데
펜의 간절한 움직임, 그 욕망을 좇아가다가
네 이름을 썼어 — 네 이름은 할 일 목록에 없는,
내키지 않은 일이 되었어. 나는 도망칠 수 없어서
너를 생각하는 대신 내가 해야 할 일을 적고 있어.
너에게 알려주고 싶어:
  창문을 내다보며 하루를 채우기
  어제를 위해 예약하기
  여행 가방에 차곡차곡 접어 넣었던 주저함을 풀어놓기
  교도소에 있는 사촌에게 편지를 쓰기
  성향을 하나 혹은 두 개쯤 고르기
  괴로운 침울함과 싸우기
  노예무역의 중간항로[1]를 기억하기
    알라모요새[2]를 기억하는 사람들처럼

---

1)   16세기 초엽부터 19세기 중엽까지 진행된 아프리카 노예무역이 이루어졌던 시기에 노예들이 거쳐야 했던 대서양횡단 항로.

2)   텍사스가 멕시코에서 독립하기 위해서 벌인 전쟁의 역사에서 1836년 200여 명의 군인들이 알라모에서 13일간 버티면서 저항하다가 수천 명의 멕시코군에 의해 전멸

잇기 위해 약속하기

"괴로운 침울함과 싸우기"라는 말을

　좀 더 잘 표현해줄 말을 찾기

　표류되었을 때 뭔가를 바라거나 좇아가지 않도록 노력
하기

　바람이 소망이거나 습관이라는 것을 알기.

　바람이 잦아드는 곳에서의 침울함.

되었다. 알라모전투는 미국 텍사스인에게는 억압에 대한 저항의 상징이 되었다. 1846
년에서 1848년까지 지속된 멕시코와 미국 간 전쟁에서 "알라모를 기억하라"는 말이
유행했다.

노스탤지어에 보내는 엽서

언제부터 내 인생이 노스탤지어의 재료가
되어버렸지? 일전에
한 술집에서 구석자리에 앉은 한 사내가
맥주를 주문하며 하는 말을 들었다.
난 자네가 멋쟁이 친구를 새로 사귄 줄 몰랐어.
이번에도 장거리네.

그 친구를 보면 내 동생이 생각나.
아주 어릴 적 동생이 지껄였지.
바닷가에서 첫 파도가 밀려들어
그가 서 있던 땅을 차지해버렸어.
물에 잠기고 속임수에 걸렸던 거야.
그의 물안경은 목 언저리에 걸려있고
앞으로 일어날 일이나 스쳐 지나갈 일에 관해서
그는 더 이상 초보자가 아니었어.

이 새로운 도시의 이발사는
내 머리카락을 잘라주겠다고 고집을 부려.
내 머리숱이 없어지는 것을 막아보겠다고.

그는 전혀 몰랐던 과거의 나로 돌려놓으려고 해.

주머니 속에 종이쪽지에 적은
낱말들을 가지고 다녀.
매일 아침 그 낱말들을 다시 생각해.
정오에도, 자정에도 다시 떠올려보지.
그 낱말들은 내 마지막 말이야.
아니, 마지막 말이 되었으면 해.

내 신발 바닥에 보내는 엽서

당신은 여기 있는 것과
사용된 것, 낡아버린 것
세상의 닳고 닳은 것과 한데 섞이도록
내버려진 것의 총화라서
엽서 한 장 받을 자격이 있지.
하지만 나는 잘 모르겠어,
당신이 어디 있는지.
또 나는 어디에 있었고
우리는 어디로 가게 될지,
그러니 이 엽서는 당신에게
패쓰[1] 일반우편으로 보낼게.

---

[1] 길 혹은 통로를 의미하는 단어로, 우편시스템의 이름으로 시인이 만들어낸 것이다.

핏자국이 묻은 엽서

이 엽서를 며칠 동안 품고 다녔다.

사랑하는 이에게 — 이제 마침내 당신에게 몇 자 적으려고 해.

오늘은 이 지역의 건축물에 경탄했어.

첨탑, 아치, 스테인드글라스로 만든 창문.

말이 나왔으니 말인데, 얼룩은 신경 쓰지 마,

이 엽서에 손을 베었거든. 알아,

뭐 그런 일이 일어날까 싶다는 걸. 이곳의 해안가는 아름다워.

엽서는 사실 마체테 칼[1]이었어. 하지만 상처를 꿰맬 필요는 없었어.

원주민들처럼 코코넛을 손으로 깨보려고 했어.

글쎄, 실은, 플랜테이션[2]을 둘러보다가

---

[1] 중앙아메리카와 카리브 연안지역에서 사용되던 크고 무거운 칼.
[2] 한 종류의 수확물을 재배하는 큰 농장으로 노동자를 고용해서 공장처럼 운영하는 시스템. 미국 노예제 당시 면화 재배농장이 대표적 예.

이 지역 출신 어느 여인의 출산을
도와주었어. 뭐 영웅이 되려던 것은

아니었어. 고백할게,
이 위대한 지역 주민들의 술집에서 만난 여인의
월경에 연루되어버렸어.

이 말을 왜 내가 했는지 도통 알 수가 없군.
뭔가 통속적이고 사소한 것, 면도날에 스친 것 같아.
사실을 말하자면, 시민폭동이 일어나는 와중에

잘못 날아온 총알에 맞을 뻔했지.
나는 괜찮아. 당신에게 걱정을 끼치고 싶지 않았을 뿐이
야.
이 엽서를 받으면 당신의 파피에 마쎄[3]에나 사용하길.
아니면 파피에 콜레[4]에 사용하든지.

---

3) 종이, 밀가루, 풀 등을 이겨서 만드는 반죽공예 기법.
4) 종이를 사용한 콜라주 기법.

화해로부터 온 엽서

당신이 내 이름을 물어봤지 — 이름의 의미가 무엇이냐고 —
그날 밤 와인 바에서, 나는 대답했지 모두

돌려놓는다는 의미라고. 당신은 내게 말했지, 당신 이름은
대부분의 장소에서 앞잡이[1]와 운율이 맞는다고. 그렇지만

남부에 있는 당신의 친구들의 입에선
빛나는[2]이라는 단어처럼 들리지. 그런 뒤 당신은

위험요소를 제시했어. 의사결정에서 위험을 측정하는
죽음의 세세한 조각들.

백만분의 일 확률, *작은 죽음*으로 이어지는,
지나치게 유연하지는 않은 당신의 세그웨이.[3]

---

1) 시인의 이름 Sean과 음률이 맞는 단어인 영어단어 pawn. 이 단어는 앞잡이, 볼
모 또는 저당 등의 의미를 갖고 있다.
2) 시인의 이름과 음률이 맞는 단어로 영어단어는 shone. 단어 shine의 과거형태로
빛이 난다는 의미가 있다.
3) 음악이나 영화에서 한 대목에서 다음 대목으로, 한 장면에서 다음 장면으로 무연
히 이어지는 방식.

작은 죽음의 황홀경. 당신은 내게
구애를 했고 결국 그렇게 되었지. 소믈리에는

테루아[4]라는 단어를 설명했어 ― 와인을 마시면 한 장소
(그곳의 태양, 토양과 비)를 맛볼 수 있다는 의미라고.

공포와 유사하지만 마지막 철자 바로 앞에 "i"를 넣은
단어. 혼자 있는 게 두려워서 나는 이 글을 쓰고 있어.

당신에게 내가 그 와인 바의 반짝이는 가판 아래에서
기다리고 있다고 알려주기 위해서.

화요일에, 당신이 와서 나를 만나기 바라.

---

4) terroir라는 단어는 공포에 해당하는 terror와 유사한 철자여서 다음 연에서 시인은
이 두 단어를 연결시킨다.

핏자국이 묻은 엽서를 받다

오늘 도착했다, 얼룩이 묻은 채. 우편소인,
잉크 얼룩, 모반, 점 같은 얼룩 — 그리고 저주처럼
내가 메일함에 갔다 온 사이 개가 집을 나갔다.
생김새 때문에 당신이 스팟[1]이라고 불렀는데
생각해보니 장소[2]와도 관련되는군. 당신은 항상
어디를 방문하면, 그 지역에 사는 사람들을 찾아가지.
나는 그 개를 피도[3]라고 부르고 싶었어. 이 스팟은 당신
엄지손가락의 나사선 — 당신이 멀리 떠나면
머리를 숙이고 바닥에 코를 대고
꼬리까지 완전한 원으로 만들기 전에
자신의 본성에 충실하게 마침내 잠자리에 들 때까지
개가 집주변에 남겨놓은 흔적들처럼.
당신, 어디에 있든 잘 자.

---

1) 점박이라는 의미.
2) spot은 장소라는 의미도 있다.
3) Fido라는 이름.

베미지 블루스

욕망의 가장 매혹적인 약속은 쾌락이 아니라 변화이다.
당신이 원하는 대상을 소유하게 되는 것이 아니라
당신이 그것에 속하게 될 것이므로.

— 제임스 리차드슨, 『벡터: 경구와 10초간 에세이』

봄의 베미지[1]

첫 번째 도시에서
                    마침내
          막강한 미시시피 강
얼음낚시
          는
                    나날이
          얼음이 깊어간다
    초록빛으로
          멍든 것처럼.
                    지역주민들에 따르면
    ― 호수보다 더
  깊은
          뭔가에 말하기. 도대체 왜 안 되는 거지,
          돈 혹은 질서, 또는 짙은 여름의 나뭇잎들
아니면 멀리 떨어져
          이 중간지대에서 벗어난
                    나의 공상,

---

1) 베미지는 미네소타 주의 도시로, 시인이 한때 기거한 곳이다.

유리조각
깨진 와인 병은 말한다,
　　배에서 바다로 던져진 채
　　　　　　푸른색 배경의 초록빛에
　　　　나동그라져서
　　　다시
해안가로
　　서리가 낀 조각
　　왜냐하면 나는
그런 식으로 멍들지 않아.
　　어쨌든 줄어든다,
　　　　　　　가장자리로부터 녹아서, 변해간다.
　　　　갈매기들이 돌아오는 섬으로
　　봄과 함께 끼룩거린다.

베미지 블루스[1)

아놀드 렘퍼사드를 위해

흰 눈을 푸르게 만드는 그림자는 소나무와 나.
작은 매의 청회색 왕관의 색조를 띤다.
나는 이 도시 주변을 걸어 다니면서 관찰한다.

이곳의 푸름은 노르딕의 눈(目) 색을 닮았다,
고향의 몇몇 흑인 친척들의 푸르스름한 검은색과 다르다.
이곳의 수많은 호수들에는 하늘의 푸른 돔 천장이 담겨있다.

어느 여름날 탈지우유 빛 푸름을 띤, 바람에 날리는
파도의 흰 물결. 푸름은 형용사이고 동사이며 명사이다.
내가 그리움에 사무칠 때 이 세상이 띠는 색.

그녀는 너무도 많은 와인과 시간을 남겨두고 떠났다.
흰 눈에 드리운 푸른 그림자는 나와 소나무.
키 큰 남자와 그의 푸른 소, 그리고 이제는 나를 위한

---

1) 시에서 '블루스'는 음악의 장르가 아니라 파란색을 가리킨다. 물론 넓게 보아 흑인
음악 장르인 블루스의 함의도 갖는다.

고향은 베미지. 이곳의 푸름은
내 고향 사촌들의 푸르스름한 검은색보다는
작은 매의 청회색 왕관의 색조이다.

베미지의 봄

봄은 기침과 짧은 헛기침으로 목구멍을 틔운다.
처마에서 속삭이는 젖은 물방울, 도랑에서 들리는 혀 짧
은 소리
몇 달 전 이 도시를 뒤덮었던 눈이 이제는
물러나고 있다 ― 풀, 담배꽁초, 컵, 플라스틱 봉지.
나는 마음의 잡동사니를 눈이 꽁꽁 싸매놓는 방식을 그
리워할 것이다.

3월 1일이고, 호숫가의 마지막 오두막이 사라졌다.
얼음이 녹아 깨지고 모터보트가 엔진소리를 내기 전 ―
내가 허용하고 싶은 것보다 더 많은 움직임과 소음.
이 계절 소리가 폐를 회복한다.
나는 내가 말한 것이 새 나가지 않게 해준 눈의 방식을
그리워할 것이다.

지금은 단풍당 만드는 시기[1] ― 나무마개를 살짝 내려치
면

---

1) 단풍나무의 수액을 짜내는 행사.

단풍나무는 벨트를 풀어 헤치고 중얼거린다.

수액이 가득한 통을 설탕창고로 가져가라.

곧 들꿩이 북을 칠 것이다 — 고장 난 엔진이 덜컹대는 소리.

나는 눈발이 고요히 줄지어 흩날리던 스노 글로브[2]를 그리워할 것이다.

까마귀들이 낄낄거린다. 오리가 돌아와 꽥꽥대고

나비들이 꽃물을 들이켜고 나풀거리기까지는 몇 주 남았다.

다음 주엔 눈발이 날린다고 한다. 이곳에선 봄옷을 챙겨 입는 요령이 있어야 한다.

봄이 돌아온다 — 외침보다는 말더듬으로.

---

2) 눈이 내리는 풍경의 미니어처가 들어있는 투명한 구(球).

잠꼬대

을씨년스러운 집들과 지난번 눈의 마지막 물결이 남겨두고 간 보도에 버려진 쓰레기들을 피하기 위해서 현재는 해안가에 물결치는 파도처럼 구르며 과거로 되돌아오고, 나는 베미지 호숫가 올드 인디언 산책로를 따라 걷는다. 부츠 아래에서 바삭거리는 눈이 나의 중얼거림과 한데 섞이면서 생각의 찌꺼기들을 헤아리고 있다. 산책로 가장자리에는 적설조(赤雪藻)가 얼룩진 모피다발로 무리 지어 둘러싸여 있다. 그것을 보고 있으려니 네 생각이 난다. 부재 속 기억 같은 너, 침묵에 빠진 철 지난 오두막 처마아래 안전하게 놓인 제비둥지처럼 음소거된 기억의 너. 이제 나는 얼어붙은 호수의 잠꼬대 같은 허밍소리를 듣는다. 표면의 시트 아래서 흘러가는 호수가 내는 소리. 제비의 뼈로 만든 공동(空洞)에서 별이 지는 소리는 우리가 잠들면 살게 되는 노래 소리라고 했던 너의 말을 떠올렸다. 찬란한 색을 띤 물고기 집들이 호수얼음에 점점이 박혀있다. 누가 오늘 밤 내 이불을 챙겨주고 자장가를 불러줄 것인가?

1920년 6월

세 명의 미시시피 강가 잡부들이

　　　　　　　미네소타의 덜루스에서 린치를 당하게
될 것이다.
전과 다른 점은

　　　　　　　검둥이 잡부를 나무에 매단다는 것.
　　　　　　쿤[1]을 나무에 매달기 ― 미국 남부의 스
포츠.
　　　　　이번에는 세 명이 덜루스에서 린치를 당하게
될 것이다.

서커스가 마을에 온다.

수천 명이 모일 것이고
가로등 하나가 밤을 밝힌다 ―
장님이 아니라면 누구나 앞으로 벌어질 일을 보게 해주
는 편리한 불빛.

_____

1)　너구리를 줄여서 부르는 말이면서, 흑인에 대한 경멸적 속칭.

일 년 남짓 전에 이 마을주민들은 핀란드 사람을 린
치했다.
소리 없이 —
그를 매달기 전에 불태우고 깃털을 다 뽑아서
나무에 매달았다 —
지역의 장식품 —
역사의 전리품 —
미학적 주석 —
지방색 —

지역의 유색인종 —
이곳의 몇몇 흑인들.

이번 여름 스펙터클이 철로를 타고 도착할 것이다.
서커스가 마을에 왔다.

공중그네곡예나 아크로바트를 볼 때
숨 막힐 듯 매달려서
투명하게 비치는 옷을 입고

아니면 팽팽하게 당겨진
높이 걸린 전선이나 밧줄에서

사자 조련사는 어디 있지? 너는 그가 필요해.

여흥과 넋을 잃게 하는 장면들이 기차로 온다.
저 먼 곳에서.

비뚤어진 채

뭔가 잘못되었다

영예로움과 덕목　경계　자경단원
주의(主義)　어머니가 말씀하셨지
창문을 훔쳐라[2]　할머니가 말씀하셨지
미풍이 들어오게 해
돛대를 들어올려　해적과 상인

---

2) 조지아 해안 섬에 전해 내려오는 옛 성가로 흑인노예들의 영혼의 자유를 향한 갈
망을 표현한다.

세상을 항해하기
이곳은 항구도시   중서부 북쪽

편리한 가로등 불빛의 광명 속에서
의지를 잃고
세 명의 절뚝거리는 몸이 장중하고 격렬하게 움직인다 ―
검은 피부가 벗겨지고 큰 서커스 천막처럼 주름졌다
벗겨내지는 동안 가운데 기둥에서 캔버스천이 흩날린다.
아무 지지대도 없이

서커스에서는 목 죄는 숨 막힘이 기대된다,
               혹은 린치에서도.
서커스가 마을에 왔다

     혹인 몇이 여기에 있다.

대단한 뉴스다.

덜루스¹⁾에서 찍은 사진 한 장

할머니는 다시 말해줄래? 라고 말씀하신다.

누가 말한 것을 잘 듣지 못했거나

당신께서 들은 말, 가령 *나는 달이 가스등에서 비쳐오는*

흐린 빛에 눈을 갸름하게 뜨고 보고 있다. 세 명의 남자가

가로등에 매달려 있다. 같은 문장이 그럴 리가 없다고 확

신하실 때.

내 말은 세 명의 흑인 남자들이

서커스를 따라 마을에 왔는데 관행적인 린치법의 죄목에

따라

여섯 명 중 선택되어

폭도들에 의해서 교도소에서 한 명씩 끌려 나왔다는 의

미였다.

수천 명의 구경꾼들은

세 명의 흑인남성을 가로등에 매다는 일에는

---

1) 미국의 미네소타 주 덜루스에서 1920년 6월 15일 세 명의 흑인이 수천 명의 백인 폭도들에 의해서 린치를 당했다. 당시 6명의 흑인이 19세 백인 여성을 강간했다는 소문이 돌았고, 강간용의자로 6명의 흑인이 체포되어 수감되었다. 그날 밤 백인 폭도들이 감옥에 몰려가 용의자들을 끌고 나와 그중 세 명의 흑인에게 폭행을 가하고 나무에 매달아 교수형에 처했다.

참여하지 않았지만,
　백인 여성을 ― 뻔하지! ― 범했다는 죄목에는
　　　　동의를 표시했다,
　흑인들이 끌려올 때 길을 터주고 발길질과 주먹질을 해대
면서.
　　　그들 옆에 있던 여자나 남자의
　손과 발도 멈추지 않았다. 그래서 세 흑인의
　　　몸은 폭행으로 격렬히 흔들렸고
　부르르 떨었으며 옆에 있던 사람들에게 피를 뿌려대다가
멈추었다.

　　　할머니는 *쉿* 하셨다,
　누군가의 말을 듣고 그 말을 믿고 싶지 않으실 때.
　　　그렇지만 나는 사진을 한 장 갖고 있다.
　덜루스에서 일어난 일의 증거가 된다는 점에서 나는
　　　친절하게 감사하다고 말해야 한다 (할머니는
　늘 그렇게 말씀하셨다) 그 사진작가에게.
　　　위스컨신 주 수페리어 만을
　건너온 그는 다운타운에 모여든

수천 명의 영혼들에 동참했다.

그는 그 6월의 저녁 덜루스에 있었다. 물론
　　나를 위해 그 사진을 찍은 건 아니었다.
할머니는 오 *자비*를, 이라고 하신다, 이 사진처럼
　　마음을 무겁게 하는 진실을 들을 때면.
이 사진은 엽서로 만들어져서 지역의 소매상에서
　　기념품으로 제법 잘 팔렸다.

할머니는 이 남자들을 몰랐다. 할머니가 태어나기 전의
일이었다.
　　하지만 이 사진을 꼭 보여드릴 필요는 없다,
　백인 얼굴을 한 군중들이 서치라이트를
　　응시하고 있는 모습을 할머니에게 알리려는 게 목적이
라면.
　어떤 이는 사진에 잘 나오고 싶어서 앞으로
　　몸을 수그리고 목을 쭉 빼었고, 또 어떤 이는

미소를 지었다. 엘리어스 클레이턴[2]의 몸이 그의 발밑에서
　얼굴을 땅에 처박고 누워있다. (너무 높이
　매달아 놓아서 사진을 찍으려면 시신을 땅으로 옮겨와야
했다)
　　　아이작 멕기와 엘머 잭슨은 목을 길게 늘어뜨린 채
　매달려 있어서 머리가 한쪽으로 축 늘어져 있었고 얼굴은
마치 그들이
　　　수치심을 느끼거나 후회를 하듯이
　돌려있었다. 할머니는 이 사진을
　　보지 않고도 물론 알고 있었다,
　이런 일이 있었고, 또 아직도 일어날 수 있다는 것을.
　　그래서 할머니는 한숨을 푹 쉬고는 쉿! 하셨다.

---

2) 엘리어스 클레이턴, 아이작 멕기, 엘머 잭슨은 덜루스 린치사건에서 폭도에게 희
생된 흑인 중 일부이다.

제임스 라이트 이후

불가피하게 삶의 일부는 관찰로
채워진다 — 사는 것과
바라보는 것 사이의 차이, 순간과
순간에 대한 성찰 — 집중해서 궁금해하기.

물수리가 자신의 깃털에 묻은 물의 무게를
공중에서 털어내는 방식에 대해 — 심지어 퍼덕거린다.
나는 그놈의 두 발에 붙들려 팔딱거리는 물고기를 인식한
다.
그 새는 자신의 납덩이처럼 무거운 날갯짓을 인식하고 있
다.

이 찰나의 멈춤, 생존을 위한 필요는 내가 간혹
세상에 의해 멈출 때와는 다르다 — 아연실색하여 입을
크게 벌린 채
물방울무늬가 여자의 드레스에서 움직이는 모습 때문에,
혹은 아주 밝은 노란색 은행나무 잎들이

가로등 아래 미풍으로 흔들리는 것 때문에, 혹은 몇 달 동안

눈 냄새를 맡고 있다가 갑작스럽게 얼굴을 때리는 라일락 때문에,
혹은 내 사촌과 지금은 사내가 된 몇몇 이웃 소년들이
큰 걸음으로 걷다가 멈추듯이. 그들은 말썽을 일으키는데

일가견이 있었다. 새가 높이 뜬 채로 가만히 있을 때
물수리가 오늘 내 관심을 끌었듯이. 그들은 넘어졌고
많은 이들이 다시 떠오르지 못했다. 누군가는
감옥에 갔고 몇몇은 감옥 갈 준비를 한다. 도널드는

총에 맞아 죽었고 지미는 몇 년을 벼르다가
한 사내 앞으로 걸어가 정면으로 총을 쐈다.
사내가 죽지 않았으니 미수에 그쳤다. 나는 항상
지미가 조용하면 뭔가 꿍꿍이가 있다고 생각했지만

그는 대체로 수줍음이 많은 편이었다. 2년 전 내가 프랭크
의 안부를 묻자
성공한 케빈은 — 아내와 두 아이, 3층짜리 집을 소유했

다 ─ 말했다.

　다시 감방에 들어갔어. *어떤 사람들은 자유를 고마워할 줄
모르지.* 그 말을 듣자 나는 또 멈칫했다. 그리고 생각했다,

　어떻게 세상사가 구성되는지에 대해서, 그리고 내가 가진
손재주를
　감사하는 마음. 어머니가 말해주었다, 경찰이
　체포하러 왔을 때 어떻게 드웨인이 무너져 버렸는지.
　죄목은 손해배상금과 과징금을 내지 않았다는 것 ─

　보석 위반이었다. 어머니는 이야기를 오래 끌었다.
　기대감을 높이고 서스펜스를 주려고. 어머니는 현관입구
에서
　그의 어머니와 이야기를 하고 있었다, 언제 경찰이
　차를 타고 왔는지, 그곳에서 그들이 데리고 나갈 때

　수갑은 차지 않은 채 침착하게 차로 걸어가더니 그는
　그들을 뿌리치고 밀어붙이고는 몇 시간 동안 달렸다.
　어머니가 들려주는 이야기 결말부분에 가서야 내가 듣게

될

그 비극을 피하기 위해서였겠지. 어머니의 목소리에 담긴

걱정은 아마도 피곤함, 혹은 어떤 무게였을지 모른다.
아무도 드웨인이 어디에서 살고 싶어 하는지 알지 못한다.
모범행동을 인정받아 나왔다가 다시 그 안으로 돌아갔다,
고작 하찮은 범죄 때문에. 최근에도 그는 홈디포[1]에서

줄자를 훔쳤다. 나는 집에서 천 마일이나 떨어진 곳에서
이틀에 한 번꼴로 전화를 건다.
내 고향이 어떻게 돌아가고 있는지
가늠하기 위해서다. 무수리가 떨구어놓은

호수의 무게가 내 주변에서 한 방울 떨어뜨리고 물결을
만든다. 나는 날갯짓을 봐야 할지,
내 손을 뻗어 내게로 다가오는 물결을 만져야 할지 모르
겠다.

---

1) 미국의 건축자재나 철물 등을 파는 창고형 도매상점.

나는 모른다,

내가 삶을 낭비해온 건 아닌지.

가족

대학 도서관에서 자리를 뜰 때
내 어깨너머를 흘낏 본다.
곱슬머리를 가진 남자가
나를 알은척했다. 그의 얼굴은
쐐기모양으로 턱 가장자리에
수염이 나있다. 생생히
살아있는 눈이 금테안경
저쪽에서 웃고 있다. 아프리카인이다.
분명히 동아프리카 출신이다 —
에티오피아 또는 소말리아.

그는 자신을 소개한다.
소말리아에서 왔다는 그는
나를 지나치면서
뭔가를 본 듯했다.
친근한 얼굴, 동료
아프리카인. 그는 내가 수단 출신이라고 생각했다.
그는 최근에 박사학위를 받았다.
인류학, 인간을 연구하는 학문을 전공했다.

나는 그에게 여행 잘하라는 인사를 건넨다.
그리고 몸을 돌려 나의 가족에게로 향했다.

아버지의 집에서

점프하는 자, 프리멘 목사는
키가 7피트다. 내가 네 살 때
그의 손에 들린 성경처럼 검은 그는
신도들 앞에 서서 성령의
충만함으로 점프했다.
신을 향해 곧장 몸을 일으키면
다시 발을 땅에 닿을 때까지 3, 4피트 거리다.
2년 전 설교 중 심장마비로 죽었다.
그는 공중점프 중이었다.

숨을 헐떡이는 자, 레시터 목사는
이 땅의 모든 것이 아라 이루어지리라
아라 교회의 질서로 아라 명심하라
신의 말씀을 호오
핵심적 부분에서 숨을 멈추어
강조하면서 설교를 암송한다 ― 헐떡임으로
악센트를 준다. 그렇게 하면
비스킷도 그의 숨소리만큼 가벼워진다.

천둥소리를 내는 자, 힐 목사는

기도할 때 그의 목소리는 점점 커져간다 — 으르렁 내려
친다.

어렸을 때 그가 벨트로 내게 벌을 줄 때도 그랬다.

그의 목소리는 심문을 하다가도 달래는 어조로 바뀐다.

전 몰라요, 라는 대답보다는 좀 더 그럴듯한 답을 내게 원
한다.

나는 그의 아버지 집에서 불가지론자가 되어 앉아있다.

그가 나를 위해 기도할 때, 나는 그를 심판한다.

마차 차고를 방문하다

오래된 마차 차고가
한 사람을 위한 아늑한 아파트로 바뀌어도
차고 안에 있던 벌레들은 기억하고 돌아온다.

마치 잠깐 희롱하다 그만두듯이
벌레들이 들끓다가 잠잠해진다.
매번 새로운 침입이 문가에 기다리고 있다.

그녀가 알약벌레라고 부른 풍뎅이,
민달팽이 나방 말벌, 노린재
바퀴벌레 혹은 물벌레, 그리고 달팽이

빗자루의 짚단으로 쓸어버린 등짝들 —
옆으로 뒤뚱거리는 군단들
회색 공 모양으로 몸을 만다.

그녀는 다시 비질을 한다.
환영인사가 쓰인 현관매트 위를
몇몇은 잡았다가 놔준다 —

거실에서 윙윙거리는 벌들
고갯짓을 까닥해서 불러 휘파람으로
문 쪽을 가리킨다.

부엌의 개똥벌레들은
샴페인 뚜껑에 담겨서 피리 소리를 내다
밤에 자유를 얻게 된다.

갈색의 거미들은 은둔자
— 구석에 구멍을 파고 들어앉았다 —
시체들과 알집을 붙들어두고 있다

비밀처럼 단단히 싸매둔 채.

휴스턴에서

 미식축구공 크기의 잘 익은 파파야(멕시코산)를 아침식사로
 먹으면서 뒷 테라스에 앉아 세 마리의 따오기가
 줄 지어 내 집 위를 날아가고 있는 것을 본다.
 날갯짓 소리를 들을 수 있을 만큼 새들이 낮게 난다.
 그 소리는 모래시계의 좁은 통로를 빠져나가는 모래소리처럼
 절망적이지 않지만 대신 침대 위 내 옆자리에 누워
 베개를 스치는 너의 머리카락 소리 같다. 나는 아주 가까이에서
 너의 입술 가장자리를 둘러싼 색조의 단단한 울타리를
 볼 수 있다 —
 어스름이 창백함과 만나는 경계선
 내가 마을 안에서 안전할 때는 그 너머에서
 전혀 상상할 수 없었던 모든 것들이 들어오지 못하도록
 막아준 경계.
 새하얀 새들의 날개 가장자리가 검다.
 신화에 따르면 검은 밤하늘을 비상하는 날갯짓으로 색칠하기 전에

날개 끝을 모든 지상의 물질들로 만든 잉크에 담갔다고
한다.

나는 따오기 소리를 들으며 (다리는 뒤로 뻗고

파파야와 같은 색깔의 초승달 모양의 부리로

앞을 이끌면서 날아간다) 당신의 심장소리를 기대하고 있
다가

당신의 머리카락 소리를 듣게 되었을 때처럼 신기해한다.

간단한 기계들에 대해서

기계들은 작은 힘들이 거대한 저항을 맞서게 해준다.

이 새로운 장소에서 우리가 내 침대를 떠난 후
우리 둘 모두 공항을 떠난 후

경사면은 짐을 들어 올릴 때 필요한 힘을 감소시킨다.

당신은 아직 착륙하지 않았다.
두 시간 있으면 당신은 도착할 것이다, 이틀간의 운전여행.

나사는 실린더 주변으로 감싸고 있는 경사면이다.

샤워를 하면서 당신의 머리카락을 기억한다.
나선형의 머리채, 멋진 곱슬머리.

나사는 정확한 양만큼 사물을 움직인다.

여기 내 가슴 털 속에 숨어있는 밀항인

단단하게 감긴 곱슬곱슬한 털에 붙잡혔다

나사는 무거운 사물을 들어올린다.

샤워꼭지에서 뿜어져 나오는 물결의 한 가닥이
내 발바닥 안쪽까지 타고 내려가서

나사는 사물들을 함께 묶어준다.

서서히 가라앉는다,
중지 발가락으로.

결핍

라디오에서 흘러나오는 목소리가 최근에 일어난 자살 소
식을 알리고
　세상 어디에선가 폭탄이 터졌다. 나는 깨닫는다, 내가
　상상력의 결핍에 시달리고 있음을. *너는 죽어야 해,*

라는 절대명령과 함께 근사거리에서 사람들이 죽었다.
　그녀의 생일을 위해 나는 양초 끄는 도구[1]를 샀다.
　라디오에서 들리는 목소리가 최근 자살폭탄 소식을 알려
준다.

뉴스가 된 폭탄투하. 고백한다, 나는 그 뉴스가 기쁘다.
　내 이웃의 역발진 머플러[2]보다는 더 뉴스로서 가치가 있
다.
　상상력이 결핍되어있으니 너는 죽어야 해.

나는 바닷가 조개 속의 푸름을 안다는 사실이 어떤 역할
을

---

1)　촛불을 끄는 기구로, 긴 손잡이 끝에 작은 솔방울 형의 원뿔이 달려있다.
2)　내연기관에서 나오는 배기가스로 인해 발생하는 소음을 줄이는 장치.

했어야 할지 궁금하다. 이런 것에 대해 상상하는 건 어렵
다.
　라디오에서 흘러나오는 목소리는 최근 자살테러 소식을
전한다.

　폭탄테러와 함께 주택공사의 지연, 계속 늘어나는 살인사
건,
　국회의사당에 관한 새로운 소식도 있다. 이것은 나의
　상상력 결핍에 대한 완충작용. *너는 죽어야 해 —*

　한 가지 할 수 있는 대답은 *우리는 널 미뤄둘 거야.*
　나는 승부사와 뜨내기 사이 중간쯤에 있다.
　라디오에서 들려오는 목소리는 최근 자살 소식을 알려주
고
　상상력이 결핍되었으니 너는 죽어야 해.

휴스턴 지하철에서의 어원론

항상 내 샌드위치를
만드는 고등학생과,
생전 처음 본
다소 나이가 든 사내가
문을 막고 섰다.

그들은 대결 중이고 전혀 양보할 기미가 없다.
사내는 자신이 개조한 차로 데려온 친구들의 체면을
세워주려고 한 가지 해결책을 제시한다.
  니가 내 검둥이[1]니까
  이번에는 그냥 봐주지.

고등학생은 대답한다.
  아냐, 이봐 검둥이 덤벼
  여기서 당장 해결해

---

1) 이 시에서 시인은 텍사스 인들이 싸우면서 서로 비방할 때 그들 인종과 관련된 비속어를 쓰는 대신 '검둥이(nigger)'라는 말을 사용하는 현실에 대해 사색한다. 일반적으로 미국사회에서 '검둥이'는 인종과 무관하게 상대를 얕잡아보고 무시할 때 사용되곤 하는데, 정치적 올바름이라는 관점에서 옳지 않은 언어사용으로 간주된다.

나는 이 두 사람과 동료를 응원하는
서브웨이[2] 점원들 뒤쪽으로 걸어가
아무도 없는 샌드위치
가게 안으로 들어갔다.

나는 혼자 살고 있었고, 저녁을 해결하려 이곳에
자주 오곤 했다. 대체로 저녁 시간이면 나는
가게 안 유일한 흑인이었다. 처음으로
갈색 피부의 사람들 사이에서 소수인종이 되어있었다.

나는 지난 9개월 동안 이 낯선 곳, 텍사스에서 멕시코인
들
— 치카노, 테주안, 텍산[3] — 사이에 살았다.

---

[2] 미국의 샌드위치 전문 체인점.
[3] 미국 텍사스 주의 멕시코 계통 주민을 부르는 명칭으로, 치카노는 멕시칸 아메리
칸을 통칭하는 표현이지만, 멕시칸 아메리칸과는 달리 스페인어 문화와 라틴계 인종
의 정체성을 강하게 드러내면서 미국 주류로의 흡수되는 과정에 대한 저항을 담고
있다. 테주안은 멕시칸계 중에서도 특히 멕시코 북부지방 출신을 일컫는다. 텍산은
텍사스 주에 사는 주민을 일컫는 말로, 특히 텍사스 문화와 동일화가 강한 사람들을
나타낸다.

당시 나는 처음으로 디프 사우스[4]를 떠나 있었다.
최근까지도 모든 것이 흑백으로 나뉘어있던 그곳.

다소 나이 든 사내가 주장했다,
그만두자고.
서브웨이 점원들이
안으로 들어왔다.

나는 주문을 하고
돈을 지불한다.
늘 하듯이 앉을 곳을
찾아 자리를 잡은 뒤 그들의
언어선택에 대해서
생각한다.
아마 당신이 지금

---

4) 미국 남동부의 약 6개 주를 일컫는 말로, 조지아 주, 앨러배마 주, 미시시피 주, 루
이지애나와 텍사스 일부, 플로리다 주 북부지역이 포함된다. 이 지역은 남북전쟁 당
시 남부연합에 소속되었고, 플랜테이션이라고 불리는 거대농장산업을 기반으로 노예
제를 적극적으로 도입했던 곳이다.

생각하고 있을 그 말.

그 말은 전부
외모와 대조
상품과 소유권
우리와 그들에 관한 것이다
— 검다는 것은 라틴어
나이저(niger)가 어원이고
관련어로는
프랑스어의 네그르(nègre)
스페인어의 네그로(negro),
내가 잘 알고 있는 단어이다.
고등학교 때 배운
스페인어 수업이 그래도
여기선 제법 쓸 만하다.

궁금하다, 왜 그들에겐 비방하는 말이 없을까?
왜 "스픽(spic)"이라고 하지 않나? 20세기 영어에서
"스피고티(spiggoty)"는 "영어를 말하지 않는"이라는 표현

에서 왔다.

왜 이런 말은 쓰지 않지? 나는 그들의 유창함에 놀란다 ―

이곳의 생활인에겐 나와 내 역사에 대해선 무관심하다
―

맹세컨대 나는 눈을 감으면 내 고향 사람들을 양쪽으로
가른

그 논쟁의 흐름으로 애써 걸어 들어가고 있다.

오로라

　서쪽을 바라본다. 내 눈은 기찻길을 따라 소멸점까지 향한다. 일몰의 황금빛과 장밋빛이 철로에 떨어진다. 쌍둥이 하늘경치 고개를 들어보면 도시의 마천루 사이로 보이는 하늘의 조각 같다. 그러나 나는 지난밤을 떠올리며 고개를 숙이고 있다 — 북극의 빛, 하늘의 왕좌에서 지평선으로 내려온 초록빛 오로라. 자작나무의 헐벗은 나뭇가지들이 산마루를 달리고 철 지난 나무에 담녹색의 생생한 빛으로 잎이 돋는다. 경사진 초원과 산등성 사이의 흙길 위에서 당신은 숲 불, 이라고 말했다. 나는 당신을 안으면서 생각했다, *소리 없는 카니발이 이제 막 저 언덕에서 벌어지고 있네.* 그곳에 가고 싶었다. 당신은 초록색 스웨터를 입고 있었다. 당신 어머니의 눈과 어울리는 색. 저 빛은 너무 많은 잠재력을 갖고 있다. 빛은 우리 위에서 춤을 추었다. 코 밑에 거울을 갖다 대고 숨을 쉴 때처럼. 그 흔한 누아르나 추리물에서 살았는지 죽었는지 확인할 때 쓰는 방법이다.

우리는 사랑을 배우려고 산다: 어떤 이야기

우리는 오늘밤 하드타임즈[1] 살롱으로 간다. 그녀는 사업차 여행을 갔다. 일요일 밤 술집은 늦게까지 영업을 하는 데다, 걸어서도 갈 수 있는 거리에 있다. 당신은 외롭고 조금 배가 고프다. 게다가 당신은 닭날개를 주문하고 맥주를 한 잔 마시고 싶다. 이 가을밤은 고요하고, 맑으며 아직 따듯해서 당신은 두 해전 크리스마스에 산 가벼운 코듀로이 재킷에 체크무늬 플란넬 셔츠를 입어도 좋다 — 눈이 오기 전까지는 편하게 입을 수 있는 옷이다.

하드타임즈 앞에는 여느 때나 다름없이 할리[2]를 비롯한 개조한 모터사이클들이 보도의 가장자리에 바깥쪽을 향해서 늘어서 있다. 술집은 오토바이족, 대학생, 마을주민과 도시에서 온 사람들로 북적인다. 술집 바에서 내 옆자리에 앉은 사내는 20대쯤으로 보이는 도시사람이다. 그는 두 팔을 바에 올려놓고 오른손은 공중에 둔 채로 앉아있다 — 텅 빈 손바닥이 그를 향해있고 퉁퉁 부은 손가락들은 아무것도 없는 허공을 살짝 그러쥐듯 둥글게 말고 있다. 손가락 마디는 멍이 들었고 피가 난다 — 분명 얻어맞았으리라. 바에 나

---

1) 영어로 '힘든 시절'이라는 뜻.
2) 모터사이클 상표.

란히 옆에 앉았을 때 우리는 남자들이 간혹 그러듯이 고개를 까닥한다. 닭날개를 몇 개 집어먹고 나서 당신은 묻는다. "무슨 일이요?"

"여자 친구와 싸웠어요. 아주 미치겠어요."라고 말하고 그는 맥주를 마셨다. "아니, 여자를 때릴 수는 없잖아요." 그는 당신이 건네는 고갯짓에는 눈길도 주지 않은 채 말했다. "동네를 마냥 걸어다니는 것밖에 할 수 있는 일이 없어요. 걷다가 모퉁이에 있는 〈멈춤〉 표지판에 주먹 한 방을 날려요. 그런 뒤에 여기 와서 맥주를 마시죠." 그는 웃었다. "여전히 미칠 지경이지만, 그래도 조금 기분이 나아져요. 아까 그 표지판을 다시 쳤어요. 하지만 나는 산 것에게 폭력을 휘두르진 않아요."

"맞아요." 당신은 말한다. 닭날개와 맥주 한 잔을 더 마신다. 그는 썩 괜찮은 사내 같아 보였다. 당신은 그의 손이 걱정된다. 당신은 떠올린다, 그녀가 당신이 "썩 괜찮다"는 말을 너무 쉽게 갖다 붙이는 걸 싫어하는 것을. 그래서 당신은 이렇게 생각한다, 아마도 그 사내는 단 한 순간이라도 최악의 일을 저지르지 않겠다는 결정을 내린 사람일 거라고. 그는 내일 해야 할 일에 대해 조금 걱정하지만 대체로 여자 친구를 더 걱정했다. 그는 속성 엔진오일 교환소에서 일한다. 이제 당신은 집으로 돌아갈 때 마주칠 모든 〈멈춤〉 표지판에서 멈출 것이며, 서둘지 않으리라. 아무도 그곳에 없을 것이다.

벽

나는 벽 앞에 서 있었다.
아무 곳으로 통하는 벽.
'앞에'라는 전치사는 옳았다.
— 벽은 길이었다. 잿빛이지만
조지아의 헛간과는 달랐다.
미네소타의 그 술집도 아니며,
영원할 것처럼 너른 평원을
우리가 함께 자동차로 달렸던
그때, 사우스다코다를 뒤덮었던
구름의 잿빛도 아니었다.

단조로웠다. 어떤 것도
수용할 수 있거나,
모든 것을 막아버릴 수도,
모든 공간을 창조하거나,
아무 곳이나 통하는 문이 있거나,
나를 이쪽 공간에 가둘 수도 있겠지.

나는 그 벽 앞에 서서

그것이 길이라고 생각했다.
내 포즈가 틀렸다: *이봐,*
고개 돌리고 눈 좀 풀어봐.
입을 편하게 하고 긴장을 풀어.
손에 힘을 빼라고. 저쪽을 봐,
이제 나를 봐.

그림 한 점 걸려있지 않고,
동굴이나 콘도에 속해 있지도 않고,
총살부대가 앞에 줄지어 있거나,
통곡하는 사람이나
몽골족 패거리나
각자 벽 한쪽을 부둥켜안고
반목하는 정치도 없고,
소란스러운 고속도로 근처 늙은 나무와
조촐한 잔디밭에 둘러싸인,
조용한 곳에서 살 여유가 없는 사람들이
어쩔 수 없이 사는 집이
그 너머에 있는 것도 아닌

이 벽은 텅 빈 페이지 같고
그 뒤에 내가 서 있다.

디아스포라 서정과 시적 상상력

강수영(번역가, 문학평론가)

> 우리는 국가에 사는 것이 아니라 언어에 산다.
> 언어가 우리의 국가이며 조국이다 — 그 외 어떤 것도 아니다.
> — E. M. 씨오란 『저주와 찬양』 중 "존재의 순간"

　　1973년 조지아 주 출생인 션 힐은 두 편의 시집 『혈연, 갈색 술(Blood Ties and Brown Liquor)』, 『위험물질(Dangerous Goods)』을 출간했다.

　　션 힐의 첫 시집 『혈연, 갈색 술』은 19세기 초 미국역사에서 자신의 조상들이 겪은 노예제경험의 흔적과 기록을 담고 있다. 시인은 자신의 역사적, 문화적 주체위치를 모색하는데, 가령 시 제목에 구체적 연도와 지명을 사용하거나 혹인 노예 냇 터너(Nat Turner)의 폭동과 같은 실제 역사적 사건을 직접 다룬다.

　　하지만 션 힐의 시는 일반적으로 의미하는 역사성이나 정치성을 노골적으로 드러내지 않는다. 그보다는 시의 서정성에 충실하다. 션 힐은 주류역사가 담지 못한 역사적 고통과 트라우마를 어떻게 가장 시다운 형식으로 담아낼 것인가를 보여준다. 역자와 진행한 별도의 인터뷰(이하 인터뷰 내용 참조)에서 그는 시는 놀이이고 재미라고 한다. 마치 블록쌓기나 공작놀이 하듯 시적 언어장치와 도구, 비유적 표현들을 가지고 '시'라는 물건을 만드는 예술적 과정이 시 쓰기이다. 정치적 프로퍼갠더나 역사적 기록물과 다른 이 놀이로서의 시가 역사와 정치를 어떻게 가장 문학적이며 특히 시적으로 표현할 수 있는지를 션 힐의 시는 꾸준히 모색한다. 예를 들어 다양한 방식의 암시와 비유를 통한 시적 언어로 역사가 소환된다.

첫 시집의 첫 부분에서 시적 화자 '나'는 과거의 시간에 존재하거나 존재했을 흑인주체로서 자신이 처한 상황을 발화한다. 여기서 '나'는 시인이 그 뒤에 숨어있는 시적 자아로, 역사적 개연성이 담긴 이야기의 주인공이 된다. 이 '나'는 그러나 두 번째 섹션에서는 시인 자신으로 전면 등장해서 자신과 동향인 단편소설 작가인 플래너리 오코너의 무덤을 찾는가 하면 자전적 화자의 모습을 드러내며 가족들을 불러온다.

이런 자전적 시들은 곧 서사를 포기하고, 전형적 시 형식을 무너뜨린 후 시가 쓰인 페이지의 공간 속 시어의 위치를 비상식적으로 배치하는 시도를 한다. 그 뒤에「할머니 시」연작이 따라온다. 이 연작시는 총 6편인데, 각 시마다 숫자가 적혀있고 소제목이 따라온다. 그러나 6편의 시가 등장하는 순서는 제각각으로, 1번부터 6번까지라는 순서가 무시된다. 이런 형태의 구성을 통해 시인은 자신의 할머니가 직접 구술했을 이야기들의 순서도 기왕의 연대기적 구성을 따르지 않기로 결정한다.

역사서술과 자전적 기록의 통상적 구성방식에 대한 시인의 저항은 급기야 자신이 현재 쓰고 있는 고향과 선조의 이야기가 펼쳐지는 시대와 공간을 배경으로 허구적 가계도를 작성하기에 이른다. 션 힐은 인터뷰에서 자신의 모계 할머니에 관한[1] 시를 쓴 뒤에 '사일러스 라이트'라는 20세기 초엽에 태어난 허구적 인물을 창조한 경위에 대해서, 무엇보다 시인으로서의 윤리적 책임 때문이었다고 고백한다. 그의 조모는 자신의 이야기를 담은 시가 종이책으로 출간되어 읽힌다는 사실을 알게 되자 불편해했다. 그래서 션 힐은 할머니 이야기를 시적 소재로 직접 드러내지 않기로 결정한다. 대신 가상의 시적 화자를 창조해서 할머니를 비롯한 자신의 조상과 가족, 또 시인 자신을 포함한 이야기들을 재구성하는 방식을 택한다. 션 힐은 이로써 오히려 시를 쓰는 자신이 할머니와 가족의 전기적 사실들로부터 자유로워질 수 있었다고 말한다. 할머니의 감정과 선택을 존중하기 위한 시인으로서의 윤리적 선택이 오히려 시적 창조에 도움이 되었다는 점은 시적 창작과정에 시사하는 점이 많다.

---

[1] 이 시의 할머니가 자신의 외할머니이고 주류의 표준영어가 아닌 흑인방언을 사용한다는 사실에 수치심을 느꼈다는 내용은 션 힐 시인이 이 인터뷰에 처음 밝히는 것이라고 했다.

첫 시집이 미국 역사와 가족사에 집중함으로써 시인 자신의 정체성을 모색하고 자신의 시적 활동이 위치할 어떤 실제적, 비유적 혹은 허구적 위치를 정립하는 데 할애되어있다면, 두 번째 시집인 『위험물질』은 보다 자유롭게 시적 언어와 실험, 다양한 형식적 시도와 주제의 심화를 보여준다. 특히 이 시집에는 12편의 소위 '엽서시 연작'[2]이 포함되어있다. 션 힐의 엽서시 연작은 기존의 유사 형태의 엽서시와 달리 시인이 여행 중에 어떤 장면이나 순간을 포착해서 그 감정과 이미지를 시에 담아 실제 여행지에서 구입한 엽서에 써서 초고 그대로 가까운 지인에게 보내는 방식으로 쓰였다.

이를 통해서 션 힐은 시가 표현할 수 있고, 표현해야 하는 삶의 어떤 순간, 그가 인터뷰에서 매혹적으로 표현한 "행복한 우연"을 담아내는 형식을 모색하려고 한다. 특히 이 시집의 표제 시 「위험물질」에 관한 인터뷰의 대화에서 션 힐은 그의 시 창작에 특유한 인식적 차원을 설명한다. 평범하고 일상적인 삶의 표면이 어느 순간 "살짝" 변하는 순간이 일어나면, 시인은 그것이 어떤 의미인지를 숙고하고 그에 맞는 언어를 찾아 시로 만든다.

이러한 창작과정은 어쩌면 우리시대에 필요한 시의 본령을 보여주는 것일지 모른다. 시집 『위험물질』(2013)의 표지

---

2) 이 엽서시 연작에 대한 소개는 졸고 「공간속의 시, 디아스포라의 공간: 시인 션 힐(Sean Hill)의 엽서시 연작」, 『한국동서문학』 19권(2016년 가을호)을 참조할 것. 이 시집에는 엽서시 형식의 시만을 따로 뽑아 별도의 섹션으로 구성했다.

는 아메리카대륙과 아프리카대륙이 흐릿한 윤곽으로 나타나 있는 지도 위에 이름을 알 수 없는 새떼가 인적 드문 해안가와 나룻배를 배경으로 날아다니는 이미지로 되어있다. 표지 전체엔 푸른빛이 돈다.

그의 시집을 찾기 위해 내가 지금 거주하는 도시의 주립대학 도서관 6층으로 올라가 책 곰팡이 냄새가 가득한 서가 사이를 한참 서성대다가 시집을 찾아 꺼내 들었을 때의 전율을 아직도 기억한다. 난 이 시집의 내용을 읽기도 전에 표지의 이미지로 션 힐의 시가 디아스포라에 관한 것임을 직감했고, 시집을 펴서 읽는 대신, 표지의 이미지를 며칠 동안 마음속에 새겼다. 표지의 이미지에 사로잡혀 문자로 된 시를 읽기가 어려웠던 경험은 처음이었다.

표지가 시집의 전부는 아니며 중요한 것은 물론 수록된 시편들이다. 하지만 때로는 시집의 표지에 매혹될 때가 있다. 제목에 담긴 "위험한"이란 형용사와 "물건"[3]이란 말에 함축된 딱딱한 경제적 의미 및 몰개성적 이미지와는 달리 표지의 이미지가 환기시키는 비상, 노천(露天), 하늘과 바다의 푸른빛과 지도와 배가 상징하는 이주와 디아스포라 등은 우리 존재의 심부를 건드리는 정서적 울림을 갖는다.

표지 속 새떼의 움직임은 종작없다. 리더를 따라 이열종

---

3) 영어의 goods는 물건 외에도 상품이나 물자라고 번역될 수도 있다. 특히 뿌리낱말인 good에 담긴 '선'의 의미가 물건 속에도 흔적을 남겨서 자본주의 초기 프로테스탄트윤리에서 강조한 성실한 자본주의적 상품생산과 이윤추구가 신을 위한 선한 임무라는 경제와 종교적·도덕적 태도가 접목된 가치관을 담은 표현이다. 이 시집에 번역, 수록된 해당 시를 참조할 것.

대로 줄을 맞추어 날아가는 철새무리처럼 보이지 않았다. 그렇다고 해안가에서 떠나지 않고 사람들 주변에 모여드는 갈매기로도 보이지 않는다. 언뜻 보면 바다에서 솟아 하늘로 향하는 듯한 이 새떼는 무리 속에서 홀로 비상한다. 창공에 점점이 흩뿌려진 새들을 보면서 나는 형체 없는 어떤 것을 향한 그리움에 사로잡혔다.

시집의 표지에 대한 나의 매혹은 아직도 여전하지만, 시집을 비로소 펼쳐 들고 수록된 시를 한 편 한 편 읽어가면서 션 힐의 엽서시 기획을 알게 되었고 애초의 매혹에 주제적 깊이가 더해졌다. 표지의 매력에 더하여 형식과 내용에서 보여 준 시적 완숙도는 션 힐의 시집 『위험물질』이 내게 언제까지나 소장하고 싶은 시집이 되기에 손색이 없었다.

시집에 수록된 12편의 엽서시는 '이산(離散)'의 주제에 연결되어있다. 애초 여행 중 새를 보고 특정 지인을 향한 개별적 엽서를 보내는 방식으로 시작된 이 기획은, 그의 말을 인용하면, 점점 "틀린 주소", "목적지", "후회", "오늘 나의 세 번째 매혹", "화해" 등 추상적 형태를 띤 "가공된" 수신자를 향하거나 그런 발신자가 보낸 엽서시로 변화해간다. 이 네 가지 외에도 "내키지 않음", "향수", "핏자국", "내 신발 바닥" 등이 그의 엽서시 수신자 혹은 발신자로 지칭된다. "안나"와 "에두아르도"에게 보내는 두 편의 엽서만이 특정인의 이름을 지칭하고 있다. 이 "가공된" 수신자 혹은 발신자를 향한 엽서시에 대해 션은 이렇게 말한다.

"특정 시간과 장소의 이미지와 언어를 사용하기 때문에 이 상상의 엽서들은 마치 시의 화자가 수신자에게 시인인 내가 겪었기 때문에 한 번 걸려져서 뒤죽박죽 섞이고 그 목적이 재조정된 경험을 구술하는 것처럼 느껴진다."

선 힐은 시어를 통해 어떤 울림의 체계를 만들려고 시도한다. 그의 시어는 그가 관찰하고 사유, 그리고 세상에서 겪은 만남들에서 울려 나오는 것을 담고 있다. 그에게 이 울림이 담긴 시란 바로 역사, 즉 과거에 일어난 일의 연관성을 이해하는 방식으로서의 그런 역사쓰기에 다름 아니다. "내게 시는 소통이며 역사이고 미래이며 바로 지금이다"라고 선은 말한다. 언어는 그에게 현재와 응답하는 통로이다. 가령 「노스텔지어에 보내는 엽서」에서 사용된 "속이다"를 의미하는 hornswoggle이나 "초심자"란 의미의 greenhorn 같은 단어는 지금은 사용하지 않는 고어표현인데, 노스텔지어가 의인화되어 일종의 호격명사처럼 사용된 이 시에서 이런 어휘들은 마치 우리가 그리워하는 과거의 시간을 환기시키는 역할을 한다.

이 시에선 향수의 대상이 장소로서뿐 아니라 시간속의 고향이 되어, 그때 그곳에 대한 그리움을 그때의 시점으로 형상화한다. 이런 효과는 디아스포라적 경험에 매우 중요하다. 디아스포라에게 고향은 단지 그립고 돌아가고 싶은 장소가 아니라, 떠나는 그 순간부터 현재까지의 시간의 흐름 속에서 상실된다. 흔히 디아스포라는 귀향 후 낯선 고향의 모습에 상실감에 시달린다. 그러면서 깨닫는 것은 자신이 그리워한 고향은 장소로서의 어디가 아니라 기억 속의, 과거의 시간 속에 고스란히 간직된 이젠 돌아갈 수 없는 저먼 곳이 되었다는 사실이다. 노스탤지어는 상실이며 상처이다. 다시는 돌아갈 수 없는 시간을 기억 속에 두고 있기 때문이다. 시간의 불가역성이 디아스포라의 주체에 고향에 대한 갈망이 아닌 상처를 입히는(homesick) 것이다.

오래전 마르셀 프루스트가 잃어버린 시간을 찾기 위해 수천 페이지의 글을 썼듯이 문학은 이 상실된 시간을 복원하려는 욕망인지 모른다. 여기에 디아스포라적 시각이 더해지면 상실된 시공간으로서의 고향을 언어로 복원해내는 일이 문학의 존재이유가 된다. 이 시는 지금은 사용되지 않는, 사회문화적으로 죽어버린 언어를 통해서 지나간 시간의 과거성을 환기시킴과 동시에, 독자를 그 과거의 시간대로 소환해서 '그곳'으로 보낸다. 그곳이라는 기억의 장소는 이미 시간성을 획득한 곳이다.

션 힐의 시는 미국 역사, 그중 특히 흑인에게 가해진 폭력과 죽음의 역사에 깊이 관여한다. 조지아 주의 밀리지빌(Milledgeville)에서 태어난 그는 선천적으로 기형인 발을 교정기에 의지한 채 살았다. 그의 기형적 발은 안쪽으로 굽어져서 영어로 '비둘기 발가락'이라고 불렸는데, 이 어린 시절불구의 경험이 그를 '새' 이미지와 친밀하게 해주었다. 발을 교정한 뒤 두 발 모두 한 방향을 향해서 걸을 수 있게 되자그의 가족은 그의 발을 "바람에 불려"갔다고 불렀다. 이말 때문인지 성장한 뒤 힐은 고향을 떠나 여러 곳을 떠돌며 살게 된다.

이처럼 전치 혹은 이산(displacement)은 션 힐의 시에서 중요한 시적 실천이다. 그는 증언의 시를 위한 시점을 전치를 통해 확보한다고 말한다. 그에게 한 곳에서 다른 곳으로의 이동, 즉 디아스포라적 뿌리뽑힘과 이주의 경험은 일종의 '매혹'(홀림[4])과 관련된다. 어딘가에, 혹은 무엇에 주술에 걸리듯 빠져드는 것, 그것은 폭넓고 일반적인 관심을 어쩔 수 없이 무기력하게 관심을 한곳, 하나의 대상으로 집중시키는 것이다. 사랑에 빠지는 순간을 상상해보라. 뭔가에 열정적으로 매달리던 때를 떠올려 보라. 일상적인 삶의 흐름이 멈추고 한 가지 생각, 대상, 행위에 몰두하게 되는, 그 저항할 수 없는 사로잡힘. 이것 자체가 전치 혹은 이산이라면, 이제 우리는 전 지구적 디아스포라적 경험을 생각할 때 고향, 모국, 출생지 등으로부터 한 발자국 떨어져 나와 사랑의 매혹에 관해 이야기해 볼 수 있을 것이다.

---

4) 홀림에 관한 시 「오늘 나의 세 번째 홀림에 보내는 엽서」 참조.

"세계가 살짝 움직이는 순간", 시를 만드는
행복한 우연

– 미국 시인 션 힐(Sean Hill)과의 인터뷰

    * 인터뷰는 2017년 4월 25일 션 힐 교수의 연구실에서 약 한 시간 정도 진행되었다. 시인의 출간된 시집 두 권에서 다루어진 미국 역사, 특히 노예경험의 역사를 시로 표현하는 문제와 노예의 후손으로서 아프리카계 미국시인의 정체성을 디아스포라라는 새로운 패러다임으로 접근하는 방식에 관해 이야기를 나누면서 이 시대의 시 쓰기, 창작의 의미를 함께 생각하는 진지하면서 즐거운 시간이었다.

    특히 결미에 시를 쓰고 있고 혹은 쓰고 싶어 하는 독자에게 전해줄 말이 있냐는 질문에 션 힐은 폭넓게 꾸준히 읽고 자신의 정서와 맞는 언어를 찾아서 그것에 집중하며 또 시창작의 실제를 꼼꼼히 공부하면서 시창작의 도구, 가령 비유법이나 시 형식 등 다양한 기술들을 연마하라고 조언한다. 션 힐의 시와 인터뷰를 읽는 시인이나 시인 지망생들이 이번 기회에 시작(詩作)에 기본적인 이런 조건과 훈련을 되새기면서 힐이 묘사한 시적 창작의 '행복한 우연'을 만날 기회를 얻기를 바란다.

213

강: 작년에 제가 당신의 최근 시집 『위험물질』 중 엽서시 12편에 관한 리뷰에세이를 한국의 문예지에 실은 적이 있습니다. 당시 제 글의 주제는 '디아스포라'였습니다. 글의 제목이 「디아스포라의 공간」이었지요. 이번에 인터뷰를 준비하면서 당신의 첫 번째 시집인 『혈연, 갈색 술』을 읽었고, 『위험물질』도 다시 꼼꼼히 읽었습니다. 역시 당신의 시에는 디아스포라의 정서가 강하게 담겨 있음을 다시 확인했습니다. 언젠가 당신이 직접 쓴 엽서시 기획에 관한 에세이에서 당신은 "전치(displacement)"라는 어휘를 사용했습니다. 디아스포라, 즉 이산과 전치에 관한 당신의 생각을 듣고 싶습니다.

션 할: 저는 아프리카계 미국인은 아프리카 디아스포라의 일부라고 생각합니다. 저희들이 다루어진 방식도 그렇지요. 흑인은 아프리카를 모국이라 생각합니다. 왜냐면 저희 입장

에서 미국 땅을 집이라고 생각하기 어렵습니다. 이 점이 제가 디아스포라에 반응하는 이유입니다. 작가로서 저는 사물의 질서 밖에 놓여있다고 느낍니다. 개인적으로는 여행을 많이 합니다. 여행을 하면서 제가 소속감을 느낄 만한 장소를 찾고 있습니다. 따라서 디아스포라는 제 시 창작의 한 방식이 되고 있습니다. 특히 두 번째 시집에서 그렇습니다. 첫 번째 시집에서는 미국 역사와의 상호작용 속에서 제 자리를 모색하려고 했습니다. 그 역사가 어떻게 저를 존재하게 했는지를 탐색했기 때문에 역사적 모티브가 많았습니다. 사실 부모세대의 이야기를 알게 된 것은 비교적 최근이었습니다. 참 생각할수록 착잡한 일이긴 합니다만 제 부모는 1960년대 중반 흑백인종분리 고등학교를 다녔습니다. 제 모친보다 두 살 어린 이모는 인종통합 고등학교를 갈 수 있게 되었지만 이모는 거절했죠. 당시는 1970년, 71년이었습니다. 저는 1973년에 태어났습니다. 생각해보면 부모세대는 제가 자라던 때와 정말 많이 달랐습니다. 십대가 되어서야 저는 그런 사실을 알게 되었습니다. 제 부모세대가 어떻게 살아왔는지 어떤 차별을 받았는지, 그것을 알고 이해하게 되기까지, 그 의미가 뭔지 이해하는 데 시간이 걸렸어요. 저는 지금도 이해하려고 노력하는 중이라고 생각합니다. 그 점에서 아프리카계 미국인들은 아프리카 디아스포라의 일부라고 생각합니다. 우리는 여러 가지 이유로 전 세계에 흩어져 살고 있습니다. 가령 신대륙에서 벌어진 노예무역이 대표적이죠. 저는 아프리카인들과 동류의식을 느낍니다. 우리는 유사한 경험을 갖고 있고 서로 공감을 느끼죠. 런던에 있을 때였어요. 두 번째 시집에 「런던시편」이 수록되어 있죠. 런던에서 저는 서아프리카인들, 서인도제도의 아프리카인들과 어울렸어요. 백인영국인들과는 다른 어떤 유대감을 느낄 수 있었어요.

강: 그 유대감에 관해서 좀 더 구체적으로 말씀해주실 수 있을까요? 같은 인종이기 때문인가요, 아니면 어떤 문화적 동질성일까요?

션 할: 아, 인종! 그리고 문화……. 아마도 우리가 문화 속에 위치해 있는 어떤 방식이지 않을까 합니다. 인종은 매우 민감한 단어입니다. 대신 문화에 관해선 분명히 말할 수 있습니다. 문화란 우리가 세상에 존재하는 방식이고 후손에게 물려줄 어떤 것이지요. 인종을 말한다면, 아마도 아프리카계 미국인이라는 것은 제가 어떤 연대를 느끼고 소속되어 있을 여러 위치 혹은 장소 중 하나이겠지요. 동아프리카 지역을 갔던 적이 있습니다. 그곳에서 만난 사람들이, 저를 보고 케냐에선 아, 너 혹시 라무족이야? 탄자니아에 가면, 너 잔지바 출신이지? 이집트에서는 아스완 출신이지? 하는 반응을 보였습니다. 그들은 저를 어느 한 곳, 한 부족으로 정하고 싶어 했는데 매번 제각각 달랐고 또 어떤 의미에선 한데 뒤섞인 어떤 것이었지요. 제 외모, 가령 피부색 같은 것들 때문인지 어떤 하나의 특정 부족으로 구분될 수 없었죠.

그들은 제 출신을 확실히 구별하기 어렵다고 하면서 아프리카 해안가 지역 인종혼합이 빈번히 일어나게 되는 곳을 떠올렸습니다. 라무에서 만난 사람이 제게 언제 그런 일이 일어났냐고, 말하자면 제 조상에게 일어났을 법한 인종혼합에 대해 물었던 적이 있습니다. 그러고 보니 인종혼합은 미국의 남부에서는 매우 빈번한 일이었죠. 그래서 저는 나는 미국인이다, 과거 남부지역에서 노예주와 흑인노예 사이의 강간 등을 통해 인종혼합이 일어났었다고 했습니다. 당시 아프리카 여행 중 저는 분명히 우리들을 연결시키는 어떤 것에 대해 알게 되었습니다. 아프리카계 인종이 현재 서로가 서로에 대해 느끼고 생각하는 것, 또 세계에 놓인 어떤 위치 같은 것을 갖게 된 방식 말입니다. 그건 매우 흥미로운 점이었어요. 런던에서 트리니디아, 혹은 서아프리카, 주로 나이지리아 출신 친구들과 어울릴 때 뭔가 서로 유사하고 공통된 어떤 것을 느꼈고 또 함께 있을 때 아주 편했습니다. 동아프리카를 여행했을 때 사람들은 자연스럽게 저를 보고 그들의 공동체 일부라고 여겼습니다. 비록 제가 다른 나라에서 왔더라도 흑인이고 조상이 아프리카계인 것이 분명하니 우리 사람이야, 라는 태도 같은 것이지요. 동시에 케냐에서, 그리고 런던에서도 제 출신에 관해 묻고는 어느 한 특정 지역으로 구분이 되지 않아 곤혹스러워했었죠. 너는 뭐야, 트리니디아 출신 미국인이야, 아니면 그냥 미국인이야, 라고요. 그때 저는 그냥 미국인이야, 트리니디아 출신도 자메이카 출신도 아니야, 라고 했습니다. 그러면 그들은 곧장 아니,

그럴 리 없어, 너는 우리랑 같은 부류야, 하고는 했죠. 인종이라는 것이 어쨌든 구성되어서 어떤 선이 그어진 채 제가 그들의 일부이고 백인은 절대 될 수 없다는 그런 것이죠.

강: 그리고 민족성, 혹은 민족을 나누는 경계 같은 것도 있죠.

션 할: 맞습니다.

강: 당신은 미국인이고, 그들은 미국인이 아니라는.

션 할: 맞아요. 그리고 또 그 경계를 제가 가로지를 수도 있죠. 그래서 여전히 저는 그들의 일부가 될 수 있는 거죠. 제임스 볼드윈(James Baldwin)[1]이 유럽여행 중에 자신의 미국적 정체성을 강하게 느꼈다고 말한 것이 떠오르는군요. 참 흥미로운 현상이죠. 하지만 저는 어떤 식으로든 사람들이 환영받는 방식이 있다고 생각합니다.

강: 왜, 하필이면 런던일까요? 이곳, 미국에서는 그런 느낌을 받지 못하는 이유는 무엇일까요? 당신은 많은 곳을 여행했던 것 같군요. 당신이 가 본 그 많은 장소 이야기를 듣다 보니 당신에게 장소가 갖는 의미가 특별한 것 같습니다. 또 당신의 시에선 장소 혹은 공간의 모티브가 두드러집니다.

---

1) 미국의 흑인문학을 대표하는 작가.

그리고 지금 막 당신은 런던에서 경험한 아프리카인들과의 유대감에 대해 말씀하셨죠.

션 할: 어떻게 그것들이 제 시로 들어오게 되었는지를 정확히 설명하기는 어렵지만, 저는 시란 언어로 벌이는 잔치 같은 것이라고 생각합니다. 집중하고 관찰을 통해 이미지가 생성하는 것을 포착하고 그러기 위해서 주변 사물에 관심을 기울이죠. 그런 식으로 언어를 통해 사물의 물질적 차원에 다가가려 노력합니다. 시각이나 후각, 혹은 소리 같은 것에 매우 집중함으로써 언어가 그 사물에 다가가 포착할 때까지 기다립니다. 저는 그래서 사진 찍기도 좋아합니다. 뷰파인더의 프레임 속에 사물을 집어넣고 오른쪽 왼쪽으로 조정하거나 바꾸거나 하는 그런 과정을 즐깁니다. 시는 제게 탐색의 한 방식을 제공합니다. 적어도 한 가지 말할 수 있는 것은 그 과정이 매우 즐겁다는 것입니다. 물론 힘들고 어렵습니다. 하지만 시는 제가 사물을 가지고 뭔가를 만들 수 있는 몇 안 되는 공간 중 하나입니다. 그곳에서 저는 질문을 던집니다. 답을 금방 찾거나 결론을 내릴 수 있는 것은 아니지만 적어도 저는 제 진술을 제시할 수 있습니다. 시란 제게 그런 것입니다.

강: 당신의 첫 번째 시집 『혈연, 갈색 술』을 보면 많은 종류의 폭력과 트라우마를 다루고 있습니다. 하지만 동시에 당신의 시는 매우 서정적입니다. 적어도 제겐 그렇습니다. 정

서적 환기가 강합니다. 당신은 역사 속에서 자행된 폭력을 직접 언급하진 않습니다. 설사 직접 언급하는 경우라도 그렇게 직접적이라 느껴지지 않습니다. 저는 당신이 사용하는 언어에 감동하게 되고 휩쓸리는 느낌을 갖습니다. 당신의 시에는 정서적 울림이 큽니다. 당신이 역사적 폭력과 트라우마를 어떻게 시에서 말하고 있는지, 그 방식에 대해 말씀해주시겠습니까?

션 할: 저는 시가 경험이기를 바랍니다. 마치 공예품처럼 말이지요. 네, 저는 당신이 제 시 때문에 휩쓸려가기를 바랍니다. 당신이 시에 당신을 투자하고 그것에 관계하고 느끼길 바랍니다.

강: 그런 서정적 울림 때문에 저는 당신의 시에 이끌리게 됩니다. 저는 영어로 쓴 시를 상당히 많이 읽어봤고 현재도 읽고 있습니다만 당신의 시처럼 시 행마다 저를 멈추게 하는 시는 드물었습니다. 그건 단지 언어장벽에 의한 이해의 문제라기보다는, 어쩐지 당신의 시가 저를 멈칫하게 만드는 것 같습니다. 가끔은 당신의 시를 읽다가 저는 이렇게 질문합니다. 왜 이런 단어를 사용했지……? 라고요.

션 할: 그렇군요.

강: 가끔 당신의 시행에서 묘사되는 이야기를 따라갑니다.

그런데 그렇게 잘 진행되지는 않습니다. 당신은 같은 단어, 구절, 혹은 특정한 단어의 조합을 반복하기도 합니다. 때로는 어떤 단어와 이미지가 제 해석에 거슬러 등장합니다. 그래서 저는 읽으면서 질문하게 됩니다. 왜 이런 표현이 여기에 나오지? 그 과정이 저를 자주 멈칫하게 하고 시를 계속 생각하게 만듭니다. 처음 당신의 시를 읽었을 때 이해하기가 쉽지 않아서 사전을 비롯해서, 정보검색 등을 하며 시의 의미를 이해하려고 노력했고 그래서 충분히 이해할 수 있었습니다만 그렇다고 문제가 해결된 것은 아닙니다. 저는 그것이 이해의 문제라기보다는 뭔가 다른 것, 가령 어떤 정서적 반응과 관련된 문제라고 생각합니다만.

션 힐: 네, 어떤 면에서는 그럴 수 있습니다. 가령 필립 라킨(Philip Larkin)의 시 「이게 시(This Be the Verse)」를 보면, 꽤 유명한 시인데[2] 그 안에는 말하자면 폭탄이 담겨 있습니다. 이 시에는 정서적 비틀림이 일어납니다. 가령 "해안가 대륙붕만큼 깊은"이라는 표현 같은 것이 그것입니다. 이 이상한 이미지는 시에서 다루는 부모와 자식 간의 관계에 관한 것입니다. 어떻게 부모가 자식을 망치는가를 말한 시입니다. 이 시에서와 같은 순간이 제 시에서도 있습니다. 시를 쓰는 과정에서도 이런 순간이 일어나면 저도 놀랍니다. 가령 존

---

2) 미국시인 필립 라킨의 「이게 시」 중 션 힐이 언급한 구절이 포함된 마지막 연만 번역해서 싣는다. "사람은 사람에게 불행을 대물림한다. / 불행은 해안가 대륙붕만큼이나 깊다. / 가능하면 빨리 빠져나와 / 그리고 자식 같은 것은 낳지 마."

삼촌에 관한 시에서 "그는 자신이 보지 못한 대양을 품고 있다"는 의미의 구절이 있습니다. 그 시에서 저는 삼촌을 미각을 잃은 인물로 묘사하는데, 보지 못한 대양을 품고 있다는 구절은 사실 시의 문맥에서는 벗어나긴 하지만 어쩐지 시와 어울린다는 느낌이 있었습니다. 왜냐면 이 시는 뭔가 삶을 제한하는 것에 관한 것이었기 때문입니다. 저는 시적 화자가 시에서 어느 정도 확장되기를 바랍니다. 특히 이 시집에서 더 그랬습니다. 시의 목소리가 얼마간 제약되어 아프리카계 토속어를 담을 수 있도록 했습니다.

강: 이 시집에는 '사일러스 라이트'라는 가상의 인물이 등장합니다. 이번 인터뷰를 준비하면서 당신의 과거 인터뷰가 실린 온라인 잡지를 찾아 읽었습니다. 그 인터뷰에서 당신은 「할머니 시」 연작을 쓰고 난 뒤 허구적 인물을 만들었다고 했습니다. 인터뷰를 읽고 나서 저는 다시 시집을 읽어보았습니다. 시집의 전반부는 역사와 특히 할머니의 삶과 당신의 가족사를 다루고 있지만, 「할머니 시」 연작 이후 당신은 허구적 인물과 그의 가족사에 대해 쓰고 심지어 가상의 가계도를 그리기도 합니다. 이런 선택과정에 대해 말씀해주시겠습니까? 제가 읽기론 후반부는 역사소설 같은 느낌도 듭니다. 왜 당신의 선조가 아니라 가상인물이 필요했던 건가요?

선 할: 몇 가지 이유와 효과가 있습니다. 예술창작에는 언

제나 윤리적 문제가 따릅니다. 특히 작가의 경우에는 더 그렇습니다. 당신의 삶과 그 삶 속의 사람들을 직접 다루기 때문이지요. 제가 할머니의 삶을 시로 쓰고 나자, 할머니가 시를 출판하는 것을 탐탁해하지 않으셨습니다. 물론 할머니는 저를 전폭 지원해주시는 분이시죠. 제 생각에 할머니는 제가 시를 출판한다는 걸 모르셨던 것 같습니다. 아마도 제 학교 숙제에 필요한 정도라고 생각하신 것 같아요. 어느 날 저는 할머니, 인터뷰해도 되요? 할머니 살아오신 얘기가 궁금해서요, 라고 했고 그것을 가지고 소네트 한 편을 썼어요. 그 시가 문예잡지에 실린 뒤 할머니에게 보여드렸더니 할머니가 놀라셨습니다. 그래서 할머니의 사생활을 존중해드리려고 가상인물을 만들었죠. 그런데 그렇게 하고 보니 제 시 창작에도 도움이 되었어요. 할머니의 전기적 사실에서 저도 어느 정도 거리를 유지할 수 있게 되었어요. 물론 '사일러스 라이트'라는 인물에는 할머니의 인생이 담겨 있습니다. 나아가 가상인물을 만들고 나니 다른 사람들의 인생과 경험도 담을 수 있게 되었습니다. 저는 창작의 자유를 얻게 된 셈이지요. 사일러스의 목소리가 할머니의 목소리와 병행하고 또 제가 속한 공동체의 다른 사람들의 목소리도 들어오고⋯⋯ 그것이 어떻게 정확히 작동하는지는 제가 설명할 수 없습니다만⋯⋯.

강: 이 주제와 관련해서 저는 당신이 시에서 사용하는 '나'라는 일인칭 대명사가 흥미롭습니다. 물론 그것은 시적 화

자이고 시인 자신이겠지만 할머니였다가 가족의 구성원이었다가 나중에는 가상인물인 사일러스가 됩니다. 당신은 마치 이 대명사를 가지고 이리저리 유희하는 듯해 보입니다.

션 할: 물론입니다. 저는 시를 가지고 노는 것을 좋아합니다. 그리고 시는 유희, 놀이라고 생각합니다.

강: 그런 대명사의 사용은 주체성과도 관련이 있겠지요?

션 할: 그런 점도 있겠지요, 네 그렇습니다. 그렇게 말할 수 있어요. 처음부터 현재 시집에 수록된 순서대로 시를 배열하려고 한 것은 아니었어요. 대명사와 화자를 가지고 이리저리 운용하다가 또 시를 분절시키거나 나누다 보니 사일러스의 극적 독백을 담은 시들을 따로 모으게 되고, 그러다가 시집의 마지막 섹션으로 모아놓은 것입니다.[3] 지금의 형태가 각 시들로부터 진행된 어떤 과정을 보여줍니다. 사일러스의 부분은 다른 시적 화자들과 대명사들로부터 비롯된 것이지요. 그렇게 하는 게 시 전체의 작용과 놀이에 도움이 되는 것 같아요. 두 번째 섹션은 그에 비해 좀 더 그 시대를 살았던 화자의 목소리를 담고 있죠. 그와 같은 시대를 사일러스는 허구적 시선으로 바라보는 것입니다. 맞아요. 아마도 역사소설 같은 것일 수 있겠지요. 물론 시간과 열정이 충분하다면 역사소설로 써 봐도 무방했으리라 봐요. 하지만 어

---

3) 이 번역시집에는 사일러스 라이트의 시 중 몇 편만을 골라 번역 수록되었다.

떻게 하다 보니 지금의 시로 나왔고 저는 그것도 나쁘지 않다고 봅니다.

강: 저는 지금 이 시집의 형식이 좋은 것 같습니다.

션 홀: 저도 그래요.

강: 좀 더 시적인 것에 집중해있다고 할까요.

션 홀: 그렇게 말해주시니 고맙습니다.

강: 이제 엽서시 연작으로 넘어가 보죠. 당신은 12편의 엽서시를 두 번째 시집에 수록했습니다. 당신이 엽서시를 쓰게 된 동기를 써놓은 글에서 엽서시의 극적 상황을 강조했습니다. 여행 중 어떤 장면을 보거나 풍경 같은 것들에 집중하는 순간의 극적임에 관심을 가지셨지요. 특히 새가 중요한 모티브로 작용합니다. 제 생각에 극적인 순간에 대한 당신의 관심과 역사소설적 구성, 그리고 앞서 논했던 공간에 관한 것들이 어쩌면 모두 연관되어 있는 듯합니다.

션 홀: 네, 그렇습니다.

강: 그렇다면 왜 당신에게 시공간에서의 극적 순간이 중요한지 설명해주시겠습니까? 당신은 그 순간을 엽서에 담으셨

죠? 또 사진과 카메라에 대해서도 언급하셨는데 그것들이 연결되어 있지 않나 해서요.

선 활: 네, 연관이 있지요.

강: 제가 보기엔 그 연관성이 당신의 시가 담고 있는 고유성인 것 같습니다.

선 활: 그렇게 봐주시니 고맙습니다. 엽서는 말 그대로 여행 중 새를 봤던 그 순간, 그리고 그 극적 상황을 누군가에게 전하고 싶다는 욕구에서 출발했습니다. 어떤 상황의 발생, 그것이 갖는 극적임에 관한 것이지요. 가령 새를 봤을 때의 순간, 그것이 엽서시의 출발점이지요. 그 순간 초고를 써서 엽서를 보내는 겁니다. 엽서시를 쓰면서 제가 지키려고 했던 규칙은 반드시 여행 중이어야 한다는 것이었습니다. 저는 제가 그런 제약조건에서 어떻게 시를 쓰게 될지 알고 싶었습니다. 그렇게 시작했던 것이 시를 쓰는 종이 위에서 벌어지는 극적 구성의 과정에 대해 뭔가 계시 같은 것을 주었습니다. 책의 페이지 위에, 그것이 시든 소설이든, 우리는 등장인물이 서로에게 보이는 상호작용의 드라마를 보게 되는 것이지요. 그 극적 과정이 독자에게 전달되는 것이고, 저는 독자들이 그것을 보기를 바랍니다.

강: 그렇다면 당신의 말하는 극적인 상황이란, 말하자면

시적 창작의 과정이라고 할 수도 있을까요?

션 홀: 너무 구식으로 들리나요?

강: 아닙니다. 전혀요. 구식이라는 것이 아니라, 그런 시적 과정이 런던에서 당신이 아프리카계 디아스포라적 경험을 한 것과 연결되지 않을까 합니다. 당신이 언급하신 그 유대감 말입니다. 뭔가 고정되지 않은, 과정으로서의, 고정된 정체성이 아니라 진행되는 것으로서……

션 홀: 맞습니다. 어떤 경험 같은 것이 있죠. 시란 경험입니다. 제가 하는 모든 경험에서 자라나는 것으로서의 시 말입니다. 시란 제게 탐색의 장소입니다. 어떤 고요함 같은 것, 내 삶의 정서적 순간들, 지적인 순간들 말입니다. 거기에서 시가 자라나고, 또 그것이 방아쇠 같은 것이 되어 또 뭔가를 만들어내고, 그것과 움직이고 나아가고……

강: 참 흥미롭습니다. 당신이 하신 얘기들이 저 역시 글을 쓰면서 생각하고 경험하는 것들입니다. 당신에게 그런 이야기를 듣게 되니 정말 반갑습니다. 이제 당신의 두 번째 시집의 표제작 「위험물질」에 관해 얘기해보죠. 당신도 아시다시피 저는 이 시에 대해서 글을 썼고 또 한국어로 번역도 했습니다. 쉽지 않은 작업이었습니다.

션 할: 네, 쉽지 않겠죠.

강: 특히 'good'이라는 영어표현에 대해 얘기를 나누고 싶습니다. 아시다시피 제 이론적 배경은 정신분석입니다. 정신분석에서 'good'이라는 단어는 매우 중요합니다. 도덕적 선이나 '좋다'는 의미의 이 단어는 'goods'가 되어 물건 혹은 상품을 의미합니다. 이 시에서 당신도 그런 다의적 의미를 의식하고 사용하신 듯합니다. 게다가 이 시는 특정 지역, 즉 뉴욕 주 서북부의 한 도시를 배경으로 하고 있습니다. 이 시가 어떻게 시작되었고 구체적으로 어떤 일이 시에서 일어나는지, 그리고 제목의 의미는 무엇인지를 말해주십시오.

션 할: 저는 여행을 많이 합니다. 앞서 말씀드렸듯이 어떤 인식의 순간, 지각과 이해의 순간이 있습니다. 이런 순간으로부터 시가 자랍니다. 이 순간, 세상이 살짝 움직입니다. 그건 마치 어, 내가 지금 본 게 뭐지? 아니, 본 것은 없지만 다른 뭔가를 본 겁니다. 혹은 누가 말하거나 본 것을 지각하지 못하거나 놓치게 되는 순간입니다. 어떤 행복한 우연이라 할 수 있습니다. 그건 어떤 흥미로운 언어가 되기도 합니다. 언젠가 저는 파트너와 함께 캐나다를 여행한 적이 있습니다. 고속도로의 표지판을 봤습니다. 독성물질 금지에 관한 것이었는데, 미국에서는 '유독성 물질(hazardous materials)'이라고 하지만 캐나다에서는 '위험한 물건(dangerous goods)'이라고 쓰여 있었습니다. 처음 그 표현을 봤을 때 잠시 저는 무

슨 뜻인지 이해할 수 없었습니다. 그때 상품이라는 의미의 'goods'가 무슨 뜻인지 생각나지 않았습니다. 이 짧은 순간의 이해불능 상황이 지난 뒤 곧 제 머릿속에 불이 반짝 들어왔습니다. 어, 저거 정말 괜찮은 표현인걸, 하고 생각했습니다. 여행을 한다는 것은 그렇습니다. 실제 여행을 하는 것을 포함해서 책을 읽거나 사람을 만난다는 것도 여행이라고 할 수 있습니다. 이런 여행은 나의 시각을 변화시킵니다. 여행을 하는 방식에 따라 다른 방식으로 세상을 보는 법을 배우게 됩니다. 진정한 독서를 할 때 얻는 것도 마찬가지지요. 낯선 곳에 가서 사람들을 만나고 다른 곳에서 온 사람들과 만나서 이야기를 나누게 됩니다. 사물에 대해 다른 방식으로 보게 되는 순간이 오면, 마치 제가 '위험한 물건'이란 표현을 이해하게 되었던 그 순간과 같습니다. 저는 이 시에서 캐나다식 언어표현으로 제가 유독성 물질이란 표현을 다르게 이해했던 것에 관한 언어적 놀이를 한 셈입니다.

강: 'good'이란 단어에 관한 당신의 시가 제시하려고 한 것에 대해 좀 더 자세히 말해주실 수 있는지요?

션 훨: 경제적 측면, 상품의 차원이 분명 있겠지요. 그리고 도덕성과 관념, 혹은 삶의 긍정적 측면과 연관된 어떤 것이 있습니다. 그 단어가 담고 있는 모든 의미들이 캐나다의 표지판에서 제시됩니다. 이 시는 여행에 관한 것이기도 합니다. 당시 파트너와 떨어진 채 혼자 낯선 레스토랑에 앉아

서 밥을 먹으면서 그녀를 떠올리고 있었죠. 당시의 제 쓸쓸하고 외로운 마음이 표현되었지만 동시에 그 순간 제 머릿속에서 일어나고 있던 일에 관한 것이기도 합니다. 레스토랑에 앉아서 시를 쓰는 동안 창밖을 내다봤습니다. 갈매기가 날아다녔고, 그러면서 잭오랜턴(미국에서 10월 31일은 핼러윈 축제인데, 그때 호박을 조각해서 만드는 얼굴 모양의 장식물)의 존재론이 떠올랐습니다. 잭오랜턴의 존재, 그것들이 어떻게 존재하는가에 관해서…….

강: 잭오랜턴의 존재론이라는 것은 무슨 뜻인가요? 물론 말 자체로는 자명하지만, 당신의 의도가 궁금합니다.

션 힐: 다소 환원론적인 공식으로 말해보면 햄릿의 "존재하느냐 마느냐"를 떠올렸습니다.

강: 잭오랜턴과 해골의 연결성…….

션 힐: 맞습니다.

강: 그럼 그 상황에서 '위험한 물건'이란 무엇인가요? 삶의 모든 것들?

션 힐: 맞습니다. 상품이지요. 그 표지판이 의미하는 것은 도덕적이기보다는 물건, 우리가 사람들과 맺는 관계 속에서

얻게 되는 물건들에 가깝다고 생각합니다. 특히 사랑하는 사람들과의 관계지요. 이 시의 제목을 초고에서 바꾸지는 않았습니다. 시의 제목으로 다소 무겁긴 하지만 말이죠.

강: 제 생각에는 이 시가 당신의 시 창작 프로젝트에 매우 중요한 시라고 봅니다. 그래서 특히 이 시에 관해서 질문했던 것입니다. 이 시에 대해서 더 질문하고 싶긴 하지만, 여기서 멈추고 좀 더 일반적인 당신의 시 창작에 관해서 질문해보겠습니다. 이 두 번째 시집 마지막 섹션을 시작하는 부분에서 당신은 "우리는 나라에 거주하는 것이 아니라 언어 속에서 산다"는 구절을 인용했습니다. 그리고 이어지는 시들에서 중국계 미국인, 라틴계 미국인 등에 대해 씁니다. 저 개인적으로는 이 섹션이 제일 좋습니다. 인용문의 "언어 속에 산다"는 부분을 당신이 어떻게 해석하는지 말씀해주십시오. 제가 보기에 이 구절은 '집' 혹은 '고향'과 관련되어 보입니다. 내가 태어난 현실적 고향이 아니라 어떤 특정한 의미의, 말하자면 언어가 고향이란 의미인 것 같아요. 물론 이 것은 제 해석입니다만, 당신의 의견을 듣고 싶군요.

션 할: 네, 당신이 제대로 맞춘 것 같습니다. 이 섹션 앞부분 시들은 북부, 그러니까 중서부지역보다 더 북쪽으로 이동할 때에 관한 것입니다. 그리고 집으로 돌아오는 것에 관한 시들이지요. 그 섹션 마지막에 집이 어떤 장소가 되고, 이 섹션에서는 역사와 폭력에 관해 씁니다. 저는 그 인용구

를 역사와 언어가 우리를 집으로 불러오는, 귀가의 방식이라는 의미로 해석합니다. 제 첫 시집이 장소로서의 집을 찾는 것에 관한 것이라면, 두 번째 시집에서는 언어가 나의 고향이라는 것, 그리고 언어가 고향이 될 수 있다면 그 고향은 자라나고 확장될 것이라는 의미입니다.

강: 영어 외에 다른 언어를 사용하시나요? 영어로만 시를 쓰시나요?

션 할: 영어만 사용합니다.

강: 언어의 문제에 있어서 어떤 언어를 사용하는가는 중요한 문제이지요.

션 할: 제 생각에는 언어보다는 기록과 공식 언어라는 측면에서, 그리고 지역주의와 같은 것들의 차원에서 사일러스의 목소리는 제 할머니의 목소리이고, 이때 할머니는 제 외할머니라는 사실을 알려드려야 할 것 같습니다. 어디서도 이 사실을 직접 제 입으로 말한 바는 없지만, 이제 당신에게 기록으로 남겼군요. 제 아버지 쪽 할머니, 그러니까 친할머니는 석사학위까지 받은 교육자였습니다. 따라서 저는 자라면서 언어의 차이를 인식하게 되었습니다. 친할머니는 가족 중 유일하게 대학을 다녔던 분이라 언제나 제게 어떤 말은 쓰면 안 되고 어떤 말만 해야 하는지를 늘 훈육하셨습니다.

친할머니는 제 이웃의 아이들이 길거리에서 쓰는 토속어를 절대 쓰지 못하게 했습니다. 할머니는 언제나 정해진 방식대로 말을 하도록 지도하셨고, 그래서 저는 일찍부터 기록의 문제, 공식적 언어의 존재를 깨닫게 되었습니다. 그것은 같은 언어라도 다른 것입니다. 그것들은 언제나 결과를 수반합니다. 언어사용의 결과를 이해한다는 것은 중요합니다. 「할머니 시」를 쓰고 났을 때 외할머니가 느끼신 것은 아마도 당황스러움과 수치심이 아니었을까 합니다. 외할머니는 제가 할머니의 엉터리 영어를 알아챘으리라 생각하셨던 것 같아요. 하지만 엉터리 영어라는 것은 없습니다. 할머니가 쓰시는 말이 엉터리는 아닙니다. 주류사회가 사용하는 표준영어가 아닐 수는 있겠지요. 하지만 그렇다고 엉터리 영어라고 할 수는 없어요. 이것이 제가 언어라고 말할 때 의미하는 바입니다. 중서부에 갔을 때 언어를 생각하면 그 언어는 또 얼마나 다른지요.

강: 지배적 언어, 즉 주류의 표준영어 속에서도 서로 다른 언어를 당신은 발견한 것이군요. 디아스포라에게는, 말하자면 저 같은 사람은 두 언어를 사용합니다. 또 한국어와 영어, 두 언어로 말하고 글을 쓰고 읽습니다. 언어란 제가 매일 부딪치고 또 해결해야 하는 것입니다. 그래서 제가 당신의 시를 읽었을 때 즉각적인 반응이 일어난 이유입니다. 제 이중 언어적 경험, 또 혹자에겐 다중언어의 경험, 디아스포라가 항시적으로 마주하고 해결해야 하는 언어적 상황이 있

습니다. 그들이 살아가는 나라의 주류언어를 습득해야 할 필요가 있는 것이지요. 이런 점이 제가 당신의 시에 공감을 느끼는 이유입니다. 그래서 언어에 관한 질문을 할 수밖에 없었고, 이제 당신의 이야기, 처음으로 꺼낸다는 그 이야기를 들으니, 더욱 흥미롭군요. 제가 준비한 마지막 질문은 두 시집 각각의 마지막 시에 관한 것입니다. 첫 번째 시집의 마지막 시는 집에 관한 것이고 두 번째 시집의 마지막은 벽에 관한 것입니다. 집으로부터 벽으로, 이 관계는 어떻게 말할 수 있을까요?

션 할: 그것 또한 행복한 우연일 겁니다.

강: 아 그렇군요. 저는 그 두 편의 시 사이에 어떤 관계를 찾아볼 수 있을 것 같습니다.

션 할: 물론입니다. 비유적으로도 거의 다르지 않습니다만…….

강: 제가 읽기론 벽은 종이, 혹은 시를 쓰는 페이지 같습니다. 시인이 마주해야 하는 텅 빈 하얀 종이 말이지요.

션 할: 그렇습니다. 그리고 그것이 시인으로서의 저에게 하나의 가능성이 되어주죠.

강: 그 시를 처음 읽었을 때 저한테는 충격이었습니다. 일반적으로 벽은 장애물로 여겨집니다. 벽 앞에 서면 아무것도 할 수 없을 것처럼 무력해지죠. 그런데 당신은 가능성이라고 말하죠. 그리고 집도 그렇고요.

션 할: 네, 이 「벽」이라는 시에 관련되어 제 경험이 하나 있습니다. 제 친구가 한 말입니다. 친구가 찍어준 사진 속의 저는 벽에 기대있습니다. 그 벽은 딱히 특별한 것 없는 벽이었습니다. 뉴욕에서였죠. 생각해보면 이 특이한 것 없는 벽은 뉴욕이 아닌 다른 어디에 있는 벽이 될 수 있고 따라서 어떤 의미라도 부여할 수 있죠. 어떤 일도 가능할 수 있습니다. 말하자면 텅 빈 벽인 거죠. 그 사진 속 벽을 보고 있자니 흰 종이가 떠올랐습니다. 그렇게 시작되어 시를 쓰게 되었죠. 말하자면 그 벽은 어떤 글쓰기를 요구한다고 볼 수 있겠습니다.

강: 끝으로 한국독자들을 위해 두 가지 정도 일반적인 질문을 드려볼까 합니다. 우선 현재 미국시단에 대해 어떻게 생각하시나요? 어떤 일이 일어나고 있으며 어디를 향해서 가고 있다고 보십니까?

션 할: 현재 미국시단은 매우 활발하다고 봅니다. 미국시가 현재 어디를 향하고 있는지는 정확히 말하기는 어렵습니

다만 매우 활발하고 다양하다는 것은 분명합니다.[4] 인종적 다양성이 뚜렷해서 여러 목소리들이 있습니다. 그로부터 나오는 풍부하고 다양한 경험과, 가령 아프리카계 미국인이나 미국원주민 출신 시인들의 목소리는 미국시가 일차원적이지 않게 해줍니다. 우리가 각자 집단과 공동체, 문화를 대표하고 있다는 것은 중요합니다. 그 결과 백인시인들도 자신들의 정체성과 경험이 단순하지 않고 매우 복잡하고 복합적이라는 점을 인식하게 되고, 따라서 하나의 집단으로서 그들도 관련 이슈들에 참여하지 않을 수 없게 되었습니다. 저는 특히 시인들이 테크놀로지를 사용하는 방식에 관해 관심을 갖고 있습니다. 말하자면 다양한 미디어를 통해 시를 쓰는 것에 관해서요. 간혹 사람들은 시가 도대체 중요하긴 하느냐고 말하기도 하지만, 제가 보기에 그건 잘못된 질문입니다. 시는 중요합니다. 문제는 시가 어떤 방식으로 어디에서 중요한가입니다. 시는 도처에 존재합니다. 현재 사람들은 시를 영화, 음악, 비디오, 광고물 등에 사용하고 있습니다. 진정 시는 현재 매우 활발하게 진행되는 실천입니다.

강: 학생들을 가르칠 때 가장 중요하게 강조하는 것은 무엇인가요? 물론 많은 것들을 가르칠 테지만, 특히 당신이 반드시 잊지 않고 가르치고 있는 것이 있다면 무엇입니까?

---

4) 현 단계 미국 시에 관한 개략적 분석은 졸고 「21세기 미국시학: 시적언어의 (불)가능성과 미래」, 『외지』 25집(재미시인협회, 2015)을 참조할 것. 선 힐이 인터뷰에서 소략한 내용은 졸고의 분석과 일치했다.

션 할: 저는 시 창작 기술을 가르치려고 노력합니다. 저는 학생들이 시를 쓸 때 두 가지, 놀이와 기술을 이해하길 바랍니다. 시를 쓰는 데 필요한 도구를 이해하고 언어를 가지고 창조할 수 있는 가능성을 이해한 뒤에는 그냥 재미있게 놀면서 시를 만들면 됩니다. 저는 제 삶에서 많은 소재를 취합니다. 하지만 일단 시를 쓰려고 앉으면 저는 공예가처럼 일합니다. 삶에서 이야기를 취하되, 그냥 삶으로부터 흘러넘치게 내버려 두는 것이 아니라 단어와 구문을 생각하고, 어떻게 그 도구들이 결합될 수 있을지, 이미지는 어떻게 만들 수 있을지, 시행은 어떻게 만들지를 생각하고 이런저런 방식으로 짓고 빚습니다. 마치 블록쌓기를 하듯이 제가 가진 도구와 장치로 일합니다. 이런 방식을 학생들이 이해하고 훈련하기를 바랍니다.

강: 아마도 같은 얘기를 일반 대중에게도 할 수 있을지 모르겠습니다. 특히 시를 쓰거나 쓰고 싶어 하는 독자들을 위해서 한 말씀 해주십시오.

션 할: 많이 폭넓게 읽고, 당신을 감동시키는 단어를 찾으십시오. 그리고 그 단어를 계속 생각하고 그 단어가 끊임없이 당신을 감동시키는지 기다리십시오. 동시에 그 단어를 비평적으로 바라볼 도구와 기술을 습득하십시오. 예술적 기술, 기예를 생각하면서 작가들이 문장과 구문을 어떻게 쓰는지, 이미지와 수사를 어떻게 만드는지, 가령 직유와

비유는 무엇이고 어떻게 생성되는지 등을 보십시오. 스스로 창작적 글쓰기를 공부하고 시를 어떻게 써야 하는 것인지를 이해하십시오.

   강: 인터뷰를 위해 시간 내주셔서 감사드립니다.

⟨끝⟩